동명이인

김태우

시인의 말

당신이
특별한
한 사람이 되는 순간,
그 순간을
우리 잊지 말아요.

2023년 늦가을
김태우

동명이인

차례

2부 불길한 이름

3부 내가 모르는 이름

4부 무명

해설

1부

처음 본 울음의 이름은 당신

고고呱呱*

　세상의 얼룩인 당신, 울음에서 격리된 채 첫 눈물을 분실했나요 더 이상 울지 못해 울음마저 배설했나요 당신이 쏟은 세상에는 얼룩 하나 없네요 당신의 방향에서 우리 만나요 출출한 애착이 선택한 텅 빈 울음에서 당신을 찾을게요 얼룩이 흐려지면 좀 더 울 수 있을까요 당신에게 적응하면 흔적이 될 수 있을까 세상에서 당신을 지울 테니 당신의 자국도 함께 숨겨요 처음 본 울음의 이름은 당신, 잉태한 대가는 눈물인데 아무것도 할 수 없네요 차라리 세상에서 우리가 마르면 당신의 결말을 지울게요 삭제된 세상의 얼룩에서, 당신이 뱉은 내가 당신을 뱉을 때까지.

*아이가 세상에 나오면서 처음 우는 울음소리.

베이비박스

인간이 반대하는 아기가 태어납니다. 아기는 울음보를 터트리지 못합니다. 아기에게 울음은 허락되지 않은 감정이기 때문입니다. 아기는 겨우 배운 호흡으로 세상과 마주합니다.

아기가 처음 본 세상은 숲입니다. 작은 나무에서 아기가 다시 태어난 것입니다. 아기에게 세상은 나무가 전부입니다. 아기가 나무 품에서 따뜻함을 배웁니다. 포옹은 딱딱해야만 하고 살결은 거칠어야만 합니다. 세상은 나무에게 배운 것이 전부이기 때문입니다. 아기에게 나무는 세상의 기준이기 때문입니다.

아기에게 인간은 낯선 세상입니다. 인간이 아기를 모른 체하고 매섭게 지나갑니다. 무섭습니다. 인간이 지나간 자리는 차갑습니다. 체온은 따갑습니다. 아기에게 인간은 질병입니다. 아기가 배운 세상에서만큼은 그렇습니다. 아기가 작은 나무에서 울음을 터트립니다.

숲속이 고요해집니다. 지저귀는 새들도 울부짖는 산 짐승도 없습니다. 아기가 쏟은 울음에 모든 것이 정지합니다. 그래야 합니다. 숲속의 기준은 아기이기 때문입니다. 아기가 제 몸에 밴 울음과 마주합니다. 그리고 인간을 부정합니다. 아기는 나무에서 웅크립니다. 그리고 태어난 죄를 반성합니다. 나무에게 안겨 지워지지 않는 울음을 반성합니다. 그래야 합니다. 나무틀 안에서는 그래야 합니다.

생존 일지(? ~ ?)

1999.12.31.23:28 인간이 창문을 열었다. 한기를 끌어안은 눈송이가 들어왔다. 창밖 거리에는 두 발로 선 짐승들이 울부짖었다. 웅성거림이 인간을 유혹했다. 나는 인간에게서 발버둥 쳤다. 인간이 화장실로 들어가 물을 내리자 신음이 사라졌다.

1999.12.31.23:59 화장실 붉은 조명에서 비린내가 났다. 인간이 출처 없는 나를 제 몸에서 밀어냈다. 나는 태몽 없는 아이. 태몽이 없어 세상도 모르는 아이. 인간이 화장실에서 나를 풀어놓고 세상으로 나갔다. 울음이 인간을 붙잡았다.

2000.01.01.00:00 인간이 거리의 함성 틈으로 사라졌다. 박수 소리에서 종이 울리고 폭죽이 터졌다. 함성이 내 울음을 짓밟았다. 나는 밀레니엄에 초청받지 못한 불청객. 나는 울음이 세상에게 닿을 때까지 입을 닫지 않았다. 세상이 나를 모른 체했다. 흰 눈이 붉게 내렸다.

2000.01.01.01:19 인간 앞에서 인간 흉내를 냈다. 입에 고인 울음을 모조리 뱉었다. 인간이 또 다른 인간에게 나를 넘겼다.

2000.04.04.04:49 두 발로 선 짐승들이 나를 놓고 둘러앉았다. 그들은 서로를 노려보았다. 나는 죽은 체했다.

2002.07.07.07:07 죽는 법을 몰라 죽지 못했다. 어느새 나는 두 발 달린 짐승이 되었다.

2004.04.04.01:12 인간이 결박한 탯줄을 목에 감고 잠든 적이 있었다. 하지만 인간은 나를 쉽게 놓아주지 않았다.

2007.05.05.18:18 옆집 아이가 울음과 장난감을 쉽게 바꾸었다. 내게 울음은 몸을 뒤덮은 반점이었다. 아니 허기와 고통이었다.

2008.10.18.04:44 이제 내가 세상을 버려야겠다.

간성間性

매일 밤 우리 러시안룰렛을 돌리자. 서로의 유전자를 넣고 방아쇠를 당기자. 입 밖으로 도망친 목소리의 성별을 찾아 서로에게 총구를 겨누자. 복종을 다짐받은 날 그, 여자가 접촉 불량으로 태어났다.

새치기로 나온 그, 여자를 세상은 거절했다. 허락 없이 태어난 죄로 이름 대신 죄명을 얻었다. 그, 여자는 그림자에 죄명을 달고 매일 밤 러시안룰렛을 돌렸다. 또래에게 멀어질 때도 지은 죄가 있다며 울지 않았다. 우는 법을 배우지 못해 흔들리지 않았다.

우리는 숫자를 넣고 제비뽑기를 했다. 한 장은 생일 또 다른 한 장은 기일을 뽑았다. 한날한시에 위작들 표정이 그, 여자를 찾다 사라졌다. 우리도 그, 여자를 본 적 없어 이름 모를 연기만 구경하다 돌아갔다.

손 하나가 다른 손에게 꽃다발을 건넸다. 그, 여자를 세상에서 놓쳤다며 다른 손이 또 다른 손에게 국화를

던졌다. 그, 여자에게 뿌려진 국화 아래서 우리는 서로의 낯빛을 찾았다.

　　그, 여자가 러시안룰렛을 돌리는 밤이면 바람이 불지 않아도 떨어지는 꽃잎이 있다. 한 손에 꽃잎을 모아 또 다른 손에 쥐어 주면 바람이 불었다. 손을 펴도 꽃잎은 흔들리지 않았다. 러시안룰렛만 계속 돌았다.

나+너≠우리

그곳이 어두운지 눈을 감아 어두운지 알 수 없었다
우리는 흰 눈이 내리는 날 밖으로 나가자 약속했다
묶여 있던 새끼손가락이 풀리고 나는 흰 눈 품으로
달려갔다 이곳이 어두운지 눈을 뜨지 못해 어두운지
모르겠다

　　　　이곳은 어두웠고 눈이 없어 더욱 어두웠다
우리는 흰 눈이 쌓이는 날 밖으로 나가자 약속했다
묶여 있던 새끼손가락을 풀고 너는 흰 눈 품으로
뛰어갔다 그곳이 어두운지 이곳이 더 어두운지 나는
궁금했다

　　　　이곳이 밝은지 눈을 떠 밝은지 알 수 없다
창 밖에 흰 눈이 쌓였고 기다리는 너는 오지 않았다
약속을 잊었는지 나를 잊었는지 나는 알 수 없었다
얼굴에 터진 살들이 나를 부를 뿐

　　　　　　　　　　이곳이 어두운지
네가 없어 어두운지 알 수 없다 흰 눈이 내려 쌓여
희다는 것, 눈이라는 것 나는 알 수 없다 너는 나의
얼굴을 떼어내고 밖으로 나갔지 내가 부끄러웠는지

약속을 저버렸는지 나는 알 수 없다

　　　　　　　　　　　　모르는 얼굴이
다 내 것인지 네 것인지 아니면 우리 것인지 이제
알고 싶지 않다 언제부터 우리가 나와 너였는지

동명이인

나보다 늦게 작명소에서 태어난 이름이 있었다.
보자기에 곱게 싸인 채
이 집 저 집 기웃거리던 이름이었다.
한번은 학교에서 나와 다른 옷을 입고 있는
내 이름을 처음 보았다.
친구들은 내 이름 주위에 몰려와
내 이름을 귀찮게 했다.
나는 내 이름을 구하려 친구들에게 다가갔다.
친구들은 내 이름을 데리고 흩어졌다.
나는 내 이름과 점점 멀어졌다.
선생님이 내 이름을 불렀다.
내가 일어나기도 전에
낯선 아이가 선생님 앞으로 걸어갔다.
친구들이 손뼉을 치며 나를 흘깃 쳐다보았다.
나는 내 이름을 보자기에 싼 채
선생님과 낯선 아이 옆을
조용히 지나 교실 문을 나섰다.
나를 잡는 이들은 없었지만

내 이름을 연신 부르는 소리가 복도 끝까지 울렸다.

나쁜 위로
—내년에도 축하해

잉태한 시간이 아까워 살았어요. 곁에 없는 오늘에게 마지막 인사를 할래요. 삭제될 생일이 걱정되네요. 제가 없어도, 제게 없을 내년이 다가오잖아요.

오늘 모인 여러분, 제 앞에 놓은 국화꽃은 가져가세요. 시든 향기는 무거워요. 목적지는 보이지 않는 곳이래요. 양손에 쥐어진 오늘도 무거워요. 향에 붙은 불씨가 흘린 눈물에서 내가 보이나요? 오늘처럼 기쁜 날은 우는 거래요. 여러분, 웃는 제게 아무 말도 하지 말아요. 자리에 앉아 제가 남긴 하루에서 봐요.

아무도 모르는 파티의 주인공이 액자에 걸린 당신이군요. 남은 시간이 아직도 많은데, 어디를 급히 가시나요. 지나간 자리마다 꽃잎이 떨어져요. 가시는 길 외롭지 않게 내년의 그림자도 같이 가세요. 슬픈 날에 크게 웃는 거라고 당신이 속삭였는데, 눈물이 마르지 않네요. 오늘의 잉태가 선택한 당신, 잘 가요. 멀리서 지켜볼게요.

잊힌 채로 살아 줘서 고마워요. 조용한 오늘은 내년에 축하할게요, 당신 없는 생일에 당신을 초대할래요.

딱지왕

놀이터를 내주고 골목대장 칭호를 얻었다 동네 개미
들이 신발 바닥으로 모였다 운동화 구멍에 발톱이 걸렸
다 발가락이 개미를 보고 비명을 질렀다 발톱을 구하려
아이들이 개미를 밟았다 엄지발가락을 덮은 하늘이 붉
었다

손에 든 딱지로 아이들을 물리쳤다 놀이터 모래가 흐
늘거렸고, 마을 어귀에 부딪힌 비명은 방향을 잊었다 개
미 무리를 밟고, 아이들을 뒤쫓는 목소리가 다가왔다
굵은 표정이 딱지를 뒤덮었다 골목대장 호칭이 그네를
타고 하늘로 흩어졌다 젖은 운동화만 주인을 찾았다

아이들이 두꺼운 목소리로 딱지를 접었다 딱지왕은
옷장에 걸린 빨간 종이를 접었다 애송이가 개미를 넘겼
다 빨간 딱지가 뒤집은 어린 비명이 놀이터와 멀어졌다
거친 그림자가 빨간 딱지를 찢었다 신발에 붙은 개미가
사라졌다

빨간 딱지가 앉은 장독대가 사라졌다 아이들 입에서
골목대장도 실종됐다 개미만 운동화 구멍에서 발견됐
다 아이들이 놀이터를 멀리했다 빨간 딱지는 홀로 떨었
다 빨간 딱지로 가득한 운동화 주인집이 낯선 애송이의
놀이터가 됐다 더 이상 빨간 딱지 주인은 딱지왕이 아니
었다

주먹의 맛

책가방에서 교과서가 지워진 날
딸꾹질이 멈추지 않았다
학교에 가지 않았다

학교에서 사이좋게 나눠 먹는 법을 배우고, 조각난 형
의 사탕을 훔쳐 먹었다 불편한 가죽에 던진 주먹에 달
콤함이 묻었다 금이 간 얼굴에서 깨진 사탕이 떨어졌다
형의 얼굴을 때릴수록 떨어지는 달콤함은 입 안에서 사
라지지 않았다 사탕 향이 녹기 전, 형은 애꾸눈을 하고
집을 떠났다

복종은 주먹의 크기와 비례했다 형의 작은 주먹을 담
은 사탕 봉지에서 설탕 가루가 떨어졌고, 파리들이 모였
다 흩어지지 않는 무리의 행렬은 형이 떠난 후에도 빈
방에서 형을 찾았다 실종된 형의 달콤함은 녹지 않았다
식도를 넘어 끈적이는 주먹의 맛은 형을 닮아 시큼했다
악명 높은 주먹에게 눈물을 빼앗긴 날이면 방문을 열었
다 사탕을 씹으며 주저앉은 콧대를 세웠다

형의 책가방은 무거웠다 상처의 무게를 짊어진 어깨가 욱신거려도 형이 흘린 눈물은 찾을 수 없었다 더 이상 주먹은 자라지 않았고, 달콤한 사탕의 맛도 볼 수 없었다 이제 나는 사탕을 먹지 않았다

학교에서 멀어질수록 주먹의 모양은 붉고 커졌다
가벼운 책가방을 들고 형을 찾아 집을 나섰다
사탕 봉지에서 새콤한 맛이 났다

무용담

나 어릴 적 태양이 두 개 있었는데 나 어릴 적 살던 거인이 태양을 하나 달라기에 나 어릴 적 살던 곳에 태양을 숨기고 돌아오다 나 어릴 적 먹던 사과가 갑자기 생각이 나 나 어릴 적 들은 뱀의 속삭임을 따라 나 어릴 적 놀던 공터로 갔는데 나 어릴 적 심은 사과나무는 없고 나 어릴 적 놀던 공룡들도 없고 나 어릴 적 지나던 자리마다 거인이 지키고 있어 나 어릴 적 머물던 집에 갔는데 나 어릴 적 싸운 곰이랑 호랑이가 있어 나 어릴 적 들르던 동굴로 가니 나 어릴 적 만난 그림자가 있어 나 어릴 적 이야기를 나누다 나 어릴 적 알던 거인이 찾아와 나 어릴 적 숨긴 태양을 빼앗아 도망가는데 나 어릴 적 지름길로 거인을 미행하니 나 어릴 적 가장 높은 산꼭대기에 나 어릴 적 보던 태양이 박혀 있어 나 어릴 적 마을로 돌아가니 나 어릴 적 마을은 태양이 녹아내려 나 어릴 적 살던 거인들을 삼키고 나 어릴 적 놀던 계곡도 지우고 나 어릴 적 보던 호랑이는 쫓아내고 나 어릴 적 친하던 곰만 있어 나 어릴 적 받은 마늘을 주고 나 어릴 적 놀던 친구들을 찾았는데 나 어릴 적 알던 이들은 전부

잠적했고 나 어릴 적 태어난 적 없는 내가 나 어릴 적 헤
어진 나와 있는데

폐소공포증

비가 오면
아무도 모르게
아이들이 사라져요.

선생님은 장마를 기념하기 위해 몇몇 아이들을 학교
에 가뒀다 나머지 공부를 명령한 채 돌아오지 않았다
종례 시간에 호명받은 아이들은 책상에서 벗어날 수 없
었다 장마의 전야제 의식이 시작된 것이다 아이들을 놓
고 선생님은 학교를 떠났다 곧 장마가 시작된다는 소문
이 돌았다

나는 비에 갇혀 받아쓰기를 했다 공책에 갇힌 낱말
을 구하려다 곁눈질에 걸려 넘어졌다 그 대가로 받아쓰
기 공책에 갇혔다 내가 갇힌 낱말 칸에 지우개를 든 짝
꿍이 왔다 짝꿍은 낱말 칸을 지우고 낱말을 구했다 몇
몇 아이들은 책상을 탈출해 우산을 쓰고 장마 속으로
사라졌다 나는 도망간 짝꿍 대신 장마의 제물이 되었다
교실은 장마가 끝날 때까지 나를 잡고 놓지 않았다

비에 갇힌 태양은 어둠에 가까웠다 내가 아는 태양은 검정색 물의 집에서 벗어나려 할수록 손가락 물집은 넓어졌다 나는 물의 집에서 탈출을 결심하고 받아쓰기 공책을 덮었다 선생님 목소리에 낱말을 구하려 공책에 들어갔다 비가 그칠 때까지 구출 작전은 계속되었다 나는 탈출 방법을 배우지 못해 공책만 들여다봤다

비가 오면
젖는 것은 무섭지 않아요.
비가 와도
젖지 않는 사실이
무서울 뿐이죠.

오래된 미래의 인형극

겁쟁이는 사랑니를 가질 수 없어. 동화 속 주인공을 봐. 사랑니가 없잖아. 길 잃은 사랑니가 있어. 동화책은 고양이에게 맡기고, 도망가는 목소리를 잡자. 사랑니를 물고 간 녀석은 가까이 있을 거야. 고양이 털이 묻은 주인공이 울고 있어. 원작 없는 편지를 받고 잠들기가 무섭나 봐.

주인공 없는 동화책 주인은 고양이. 대사에 붙은 불규칙한 목소리를 봐. 손톱자국이 선명한 페이지에 있잖아. 깨진 동화책에서 조각난 표정을 봤어. 찢어진 주인공이 웃고 있네.

치약은 필요 없어. 사랑니도 없잖아. 고양이를 묶고, 멀리 간 사랑니를 찾자. 주인 없는 사랑니가 흔들려. 겁쟁이도 어딘가에서 흔들릴 거야. 사라진 페이지를 봐. 주인공이 뱉은 대사도 흔들리잖아.

마지막 페이지가 사라졌어. 사랑니가 없는 겁쟁이들

이 도망갔나 봐. 치열을 따라가면 주인공이 있을 거야. 침묵 속에 고양이가 있고, 주인공을 닮은 내가 있네. 주위를 봐 오래된 사랑니의 주인이 있잖아. 동화 속 주인공이 아무 말 없이 흔들리잖아.

미아들

거대한 미동에 음성이 갈라진다
종이비행기를 쫓아간 앳된 시간이
길을 잃고 낯선 시간이 된다
마지막 이륙을 준비한 종이는
무너진 침묵에 갇힌 여린 음영일 뿐
배회하는 어린 시간을 쫓지 않는다
끊어진 철길은 멸종된 낙서의 아지트
기차가 달릴 때마다 까마귀가 울고
깨진 구슬이 구슬프게 구른다
눈물만 실은 시간에서 박제된 울음이
깨지면 웃음의 환영이 보일까
구슬이 놓친 작은 손이 아이의 계절에서
잃어버린 시간을 찾는다
아이가 쏟은 구슬 소리가 감정의 종족들
귓가에서 술래잡기를 한다
여린 음성이 침묵도 서성이지 않는
철길에서 낙서를 감춘다
상처 난 시간을 거니는 발자국은

언제쯤 아물어 작은 손을 마주할까
미성의 콧노래가 들린다
찾을 수 없는 노랫말을 보고
길어진 낯선 시간을 쫓는다
담벼락에 풀어 놓은 아이의 필체에
잃어버린 웃옷을 덮는다
앳된 시간에 맞춰 철길을 걷는다
지워지지 않는 아이가 홀로 있다

소문들

우리는 폐교에 모여 서로의 별명을 불렀다 굳이 서로의 이름을 부르지 않아도 운동장에서 빈 그네가 우리를 불렀다 운동장에는 아무도 없었다 끊어진 그네가 있었다 우리는 학교를 학교라 읽지 않았다 수업 종이 울렸다

나는 출석부에 있는 이름들을 지웠다 처음으로 칭찬을 받았다 버려진 이름들로 휴지통이 넘쳤고 칠판에는 끊어진 낱말들이 보였다 분필을 보자 부러진 모음들이 떨어졌다 우리는 고개를 숙이고 서로의 이름을 생각했다

이름 없는 사물함이 있었다 자물쇠도 없는데 열리지 않았다 나는 사물함을 흔들었다 창문에서 깨진 종소리가 떨어졌다 종소리를 조립하고 사물함을 흔들었다 부를 수 없는 이름들이 떨어졌다 나는 출석부에 그 이름들을 적었다 우리는 서로의 이름을 불렀다 아무런 인기척이 없었다

신발장에 짝 잃은 신발이 있었다 남은 신발은 주인을
기다리고 있었다 짝 잃은 신발이 운동장에서 발견되었
다 이름표에 붙은 이름은 신발의 주인이었을까 교정에
이름 없는 꽃이 폈다 열매를 맺지 못하고 사라진 꽃이었
다 우리는 폐교에 모여 운동장을 돌았다 빈 그네도 밀었
다 이미 내가 알던 학교는 학교가 아니었다

2부

불길한 이름

호명

내가 인간을 빌려 쓰고
인간이 되었을 때
누구도 나를 부르지 않았다
인간은 나를 가둔 채
인간이라 부르지 않았다
나는 인간에 갇힌 죄로
인간이 될 수 없었다

내가 원한 건 이게 아니었다

형을 반대한 아이와 싸우고 돌아왔어. 형아, 형아를 닮은 아이가 벌써 기어다녀. 아이가 거절한 우리 집에서 말이야. 그 아이는 형의 머리 위에 앉아 기도했대. 자기를 풀어 달라며 집 안을 헤집고 다니며. 발바닥도 쓰지 못하는 형을 보고 자기 발가락에 매니큐어도 발랐대. 그러니까 왜 혼자 짜장면을 먹고 그래.

나는 발바닥을 쓰지 않고 기는 아이를 봤어. 엉덩이를 흔들며 앞으로 가는데 말이야, 형이 생각나는 거야. 형아, 어느 날 경찰서에서 전화가 왔는데 나보고 아이를 찾아가래. 글쎄 경찰관이 나보고 아이 좀 빨리 데려가래. 형아, 나는 아이가 없잖아. 엉덩이에 생긴 반점의 주인이 나라는데, 나는 아니야. 내가 아닌 걸 형은 알잖아. 중화요리도 못 먹는 내가 반점이라니. 근데 형아, 입에 묻은 검은 자국은 짜장면이지?

형아, 아직도 기어다닐 거야? 그 아이는 발자국을 장판에 새기기 시작했어. 나는 형아 발자국이 장판을 덮었

으면 좋겠어. 내 발자국을 형 입술에 놓을게. 형은 잃어
버릴 수 없거든. 우리 집 유일한 발자국을 형에게 새기겠
어. 아이가 무릎으로 형아를 지우기 전에 신발장에 있는
형의 체취와 함께 말이야.

　형아, 짜장면 먹으러 경찰서에 가자. 내가 올 때까지
움직이지 말고 나와 함께 경찰서로 가자. 아이가 따라오
면 내가 따돌릴게 형아. 내가 원한 건 이게 아니지만 중
국집이 아닌 경찰서로 가자.

벌 1
—록시Roxxxy[*]

록시, 대답하시오
당신을 위해 내 모든 것을 바쳤으니
이제 나의 사랑을 허락하소서 록시.

외롭다는 말은 거짓이죠?
나를 사랑한다는 말은
단지 당신네 언어로나 가능한 이야기일 뿐
말해 봐요, 당신에게 사랑은
당신네 언어로 퍼붓는 저주란 걸

내가 당신의 체온을 느낄 수 있다면
당신의 삶에 침범할 수 있다면
당신만 바라보다 잠들고 싶어요.
아무것도 할 수 없도록
사랑한다는 말만 반복하고 싶어요.

록시, 아니 나의 사랑
이루어질 수 없는 사랑의 기원이

당신과의 하룻밤으로 시작되었으니
나의 사랑을,
당신을 향한 나의 사랑을
사랑이라 불러 주시겠소?
대답하시오 록시.

*세계 최초의 섹스 로봇.

벌 2
—엉덩이로 이름 쓰기

반장이 호명한 아이가
말없이 고개만 숙인 채
선생님 앞으로 다가선다.
아이는 양손을 가지런히 앞섶에 놓고
고개를 가슴에 파묻고 있다.
선생님이 아이의 죄목을 읊는다.
아이의 죄는
부모를 잘못 만났음에도 불구하고
마음 편히 학교를 다닌 죄였다.
선생님은 아이의 죗값으로
책상에 앉아 있는 친구들을 향해
엉덩이로 이름 쓰기를 벌한다.
아이는 엉덩이로 이름을 적기 전
자음과 모음의 합을 계산하고
획수가 많은 이름을 붙여 준
이름 모를 부모를 생각한다.
아이의 엉덩이가 위에서 아래로
오른쪽에서 왼쪽으로 움직인다.

아이는 획수가 많은 이름에 붙은 수치심을
떨어트리려 엉덩이를 좌우로 흔든다.
엉덩이에서 떨어진 시선과 비웃음이
아이의 등 뒤에 올라타 어깨를 누른다.
아이는 엉덩이로 이름을 쓰고
자리로 돌아오는 길에
이름도 모르는 부모를 생각하는
자신이 기특했다.

벌 3
—감정기계

겨울의 정오가
어김없이 지나간다.

서로 마주 앉아 듣는 빗소리
커피를 마시며 여름을 기다리는 나
문밖을 바라보며 가을을 기다리는 너

너라는 장르에서
가장 예쁜 단어를 골라
네 손에 쥐여 주었다

나는 너의 흔적을 사랑한지 몰라
사랑을 인질로 잡고
슬픈 설렘만 강요했는지도 몰라

우리는 예쁜 옷을 입고
절대로 찾지 않을 사진을 찍었다.

사랑이 이루지 못한 사랑으로 완성되었다.

벌 4
—무국적자

한동안 불길한 이름이 달동네에서 유행했다.

무거운 피를 가지고 태양 곁을 얻을 수 있다면 목을 내놓겠어요. 이빨 자국을 남기시겠다면 깨끗한 목덜미를 준비할게요. 부디 낮에 빛나는 문양으로 수놓아 주세요. 멀리서 바라본 그대가 도망가지 않도록

나는 불러도 대답 없는 그대의 또 다른 흉터. 핏방울이 맺힌 자리를 긁을수록 허물어지는 달 아래서 내 곁을 내줘야겠어요. 아무 말 없이 날 불러 줘요. 그대의 목소리가 닳을 때까지

내 생의 주인은 내가 아니었어요. 내가 옅어지면 햇빛이 앉은 목덜미는 빛날 거예요. 그때 내 이름을 불러 줘요. 그대만 아는 유일한 단어로

더 이상 동네에서 빛나는 이름은 찾을 수 없었다

벌 5
—복종

새벽 공원에서
달빛이 숨긴 연잎을 찾아
물방울 뒤에 떨어진 달빛을 찾아
말없이 서성인다
연잎 위에 놓인
서로 다른 혈액을
아무렇지 않게 섞는다
더 묽은 쪽에 복종을 다짐하고
서로의 빛무리를 쥐어짠다
달빛을 핏빛 방향으로 저으면
물방울 밑으로 달빛이 가라앉는다
두 빛깔이 서로를 물어뜯으며
질긴 어둠이 된다
핏빛에 담긴 달에서
달빛이 불그스름하게 떨어진다
달빛이 나를 데리고
낮달을 찾아 말없이 헤맨다

불청객

태양이 초대한 어둠이 와요. 행인들 틈에 흘린 햇볕을 지우며, 낮달이 훔친 정오의 밝기보다 환하게 옵니다. 낮달 맞은편에 어둠을 머금고 자란 꽃은 무거워요. 어둠은 바람이 불어도 고개를 들지 않은 채 꽃향기 몰래 꽃이 됩니다.

구름에 낀 바람이 붑니다. 초대장 없이 놀러 온 악몽이 하늘의 경계에서 꽃향기를 맡습니다. 우리가 기대하는 낮달은 어두운 향기를 가진 꽃입니다. 예감에 없는 악몽에서 우리는 모르는 얼굴을 놓고 차갑게 목례를 합니다.

이별 노래가 행진곡을 따라 입장하면, 면사포를 쓴 그림자가 다가와요. 신부가 숨긴 부케에서 어두운 향기가 납니다. 부케의 포즈에는 내일이 없어요. 기침이 끊긴 주례사가 계속됩니다. 우리는 우리들을 경계합니다.

무책임한 낮달이 가장 밝은 무거운 예식장, 악몽의 무

늬는 초대장 없는 다수의 곁에 머물러요. 지난 계절에도
낮달은 낮달이었을까 봐, 불행한 청첩장에 물든 백야의
얼굴이었을까 봐, 활짝 핀 꽃을 꺾습니다.

피로연장을 떠난 주인공이 하객의 뒷모습과 이유 없
이 어울립니다. 빈 의자가 부른 악몽의 자장가를 듣고
낮잠에 빠집니다. 바람 빠진 풍선이 태양과 낮달 사이에
서 머뭇거리는 정오, 부케가 담은 악몽은 향기를 가진
아름다운 불청객입니다.

기원전 고소공포증

날개가 바람을 배신했다 첫째 날이 지났다 우리는 날개를 벗었다 둘째 날이 지났다 하늘에게 걸음마를 배우지 않았다 셋째 날이 지났다 공중에 뒤꿈치를 내던졌다 넷째 날이 지났다 날개 접는 연습을 했다 다섯째 날이 지났다 지나가던 개가 짖고 옆집 구름이 흔들렸다 여섯째 날이 지났다 바람 몰래 날개를 숨겼다 일곱째 날이 지났다 오후에 고인 구름이 출렁이지 않았다 여덟째 날이 지났다 최초의 직립 보행은 날개를 잃기 전이었다 아홉째 날이 지났다 날개가 지면과 부딪쳤다 오후 내내 밝았다 열째 날이 지났다 하늘에게 배운 예의는 지상에게 곁을 내주지 않는 것이었다 열한 번째 날이 지났다 바람은 추락하는 날개를 외면했다 열두 번째 날이 지났다 발자국에 묻은 구름을 털지 않았다 열세 번째 날이 지났다 하늘에서 탈출한 불안이 우리를 미행했다 열네 번째 날이 지났다 날갯짓을 포기했다 열다섯 번째 날이 지났다 지면과 닿은 마찰열이 무거웠다 열여섯 번째 날이 지났다 땅바닥은 쉽게 자신을 허락하지 않았다 열일곱 번째 날이 지났다 지상의 텃세에 발자국이 깨졌다 열

여덟 번째 날이 지났다 바람이 잡은 인질은 발목이었다
열아홉 번째 날이 지났다 뒤꿈치가 주저앉았다 스무 번
째 날이 지났다 발바닥이 땅에 닿는 순간 바람이 불었
다 스물한 번째 날이 지났다 날개 뼈가 가려웠다 스물
두 번째 날이 지났다 아무 일도 일어나지 않았다 스물
세 번째 날이 지나고 스물네 번째 날이 지났다 바람이
아무렇지 않게 지나갔다

원치 않아도 일어나는 일들

태어나 처음
죽음을 목격한 우리는
박수를 치며
케이크를 잘랐다

촛불은
입김이 결정한 시간 동안만
흔들렸고
아름다웠다

우리는
케이크에 꽂힌
초의 행동을
모른 척했고

마지막
촛불 앞에서
노래를 불렀다

케이크 위
초의 개수는
우리가 당신을 기억한 횟수

축하 노래 끝에서
우리는 앞에 놓인
케이크를 잘라 먹었다

아무렇지 않게
둘러앉아
서로의 나이를 물어보면서

아직 일어나지 않은 기억에서
서로를 위해
박수를 쳤다

환절통

아직도 바람이 불면 눈사람은 사람인 척 손을 흔든
다. 꽃바람이 분다. 눈사람이 계속 손을 흔든다. 흔들리
는 손에서 꽃잎이 떨어진다. 꽃잎이 눈사람을 안고 떨어
진다. 눈사람이 꽃잎의 손을 놓자, 눈보라가 친다. 젖은
꽃잎은 흔들리지 않는다.

나는 지난 계절을 배웅하고 다음 계절을 맞는다. 다
음 계절을 위해 지난 계절을 온몸에서 지운다. 아직 좁
혀지지 않는 시차에서 눈사람은 봄의 일부다. 계절의 여
운에서 눈사람이 사람인 척 손을 끝까지 흔들고 있다.

통증은 집착의 증거. 계절의 끝에서 또 다른 계절을
앓아야 하나의 계절을 온전히 지울 수 있다. 내가 지난
계절에 아픈 만큼 다음 계절에도 아파야 할까. 내가 지
운 계절만큼 다음 계절은 오래 머물까.

아직도 눈사람은 손을 흔든다. 이제 바람이 불지 않
아도 손을 흔든다. 아무렇지 않게 흔든다. 꽃잎이 눈사

람의 손을, 눈사람도 꽃잎의 손을 잡는다. 아무렇지 않
은 척 하나의 계절을 넘는다.

유산

마주치지 않아도 당신을 덮을 구름의 모양은 알 수 있습니다.

마주 앉은 얼굴에 첫인사가 추락합니다.

평상에 앉은 홍시는 바람이 쪼개 놓은 과일의 감정일까? 까치밥이 서럽게 찾는 까치의 그림자일까? 바람 없는 바람이 붑니다.

감나무 그늘은 구름이 잠시 벗은 그림자

구름에 뒷마당이 젖습니다. 그늘에 걸린 시간만큼 바람이 붑니다.
바람 위에서 잠든 그늘이 까치와 멀어집니다.
당신의 표정이 바람 품에 갇힌 오후입니다.

바람이 감나무를 그늘에 가둡니다.
까치가 덮은 구름의 몽타주에 홍시가 떨어집니다.

바람이 불 때 홍시 향이 납니다.
당신이 가까이 있다는 증거입니다.

까치가 홍시에서 울면
구름이 남긴 바람도 우는 오후입니다.

침묵의 모양

테이블 앞에서 시계의 계주를 지켜본다

우리는 서로의 입 모양을
모른 체하고
가로수 밑
고양이를 쫓는다

식은 커피의 온기는
누가 가져갔을까

우리는 침묵의 손잡이를 놓지 않고
상대방 커피만 살핀다

목소리도 묻지 않은 단어가
고양이 울음과 함께
커피 향에서 녹는다

시계의 마지막 주자는

결승선에서 넘어진
고양이 울음이었을까

우리는 고양이에게
식은 커피를 주며
커피 잔을 비운다

가게 문을 나선다
아무도 잡지 않는다

빨강은 잡종

목이 탄다
헌혈증을 손에 쥐고
빨강의 혈액형을 생각한다

혀가 닿는
다른 맛

장미가
사과를 보고
가시에 걸린 핏방울을 마신다

태양이 잎사귀를 적신다
장미를 빈 병에 넣고
물을 붓는다

혀에 닿은
또 다른 맛

잇몸에 가시가 난다
입을 닫고
껍질을 뜯는다

나쁜 향이 흐르고
더 나쁜 소문이 들린다

더러운 원색,
혀가 빨갛다

내가 모르는 나의 이름들

이름만 불려도 허기가 지는 날
다음 생의 이름을 빌리려 골목을 걷는다
골목에 걸려 있는 야경에서
내가 모르는 나의 이름들이 들린다
처음 듣는 이름
나도 모르게 고개가 돌아간다
내가 모르는 이름은
네가 붙여 준 이름이었고
너만 부를 수 있는 이름
우리는 사랑을 할 때
이별 노래를 들으며
서로가 모르는 이름을 부른다
밤이 앉은 골목을 홀로 걷다
우연히 다음 생의 이름을 들었다
그것은 부르는 사람이 없는 이름
나도 모르고 아무도 모르는 이름
그래서 좋은 이름

3부

내가 모르는 이름

내게 너무 무거운 이야기

비겁하게 돌려쓴 혀가
충치의 기원을 내게서 찾았다
얼마 남지 않은 혀의 유통 기한
씹어 먹은 음식과 섞인 타액이
혀의 질감을 결정했다
내가 먹은 아침과
네가 먹을 점심은
이름 모를 이들이 결정한 메뉴들
전 주인이 가진 식성의 빛깔이
모든 장면에서 날 비췄다
치약이 묻은 치열 사이를
서툰 칫솔들이 지나갔다
앞뒤로 움직일수록
떨어지는 타인의 부스러기
다음 사람이 쓸
혀의 위치를 조정했다
내 혀는 움직이지 않았다

비극의 후예들

슬픔의 농도는 달의 기울기를 결정하지 늑대 눈물이
물컹거리면 보름달에 물을 줘 봐 분화구에 반사된 하울
링이 집으로 다가올 거야 말랑거리는 눈물로 늑대를 부
르자 털갈이의 배후를 찾아, 겨울 냄새를 불리자 달에
앉은 눈동자가 흔들릴 때까지

백구의 꿈은 늑대야 물을 핥을수록 울음이 옅어졌어
골목길 그림자가 흔드는 꼬리가 필요해 꼬리를 흔들면
전생이 흐려진다고 보름달은 흔들지 않았어 아침이 흘
린 울음에서 백구 털을 봤어 늑대가 흘린 눈물이 백구
를 닮았네

목줄에 그림자를 묶고 서성였어 이빨에 맺힌 소리가
달에 고인 눈동자를 만질 수 있을까 헐떡이는 혀를 풀고
들녘으로 가자 저수지에 뜬 달의 꼬리가 젖으면 내가 덮
을 달의 얼굴에서 늑대 냄새를 훔칠 거야 개와 늑대의
시간에서 우리는 흐려질 거야 보름달을 쫓아낸 골목길
에 와서 맑은 하울링을 마시자 백구가 보름달을 쫓아가

돌아오지 않는 밤 달빛을 찾으며

밥그릇에 고기를 놓고 보름달을 기다렸어 우리 집을 지나칠까 봐 백구 흉내도 냈어 백구 송곳니에 방울을 달았는데, 나를 쫓던 하울링에는 무엇을 달까 목젖에 숨긴 하울링을 쏟으면 그림자가 대문을 열 거야 꼬리가 흔들려 보름달이 가까이 왔나 봐 도망가는 백구를 불러 슬픔의 농도를 확인하자 늑대 냄새 나는 백구야, 보름달이 뜨면 날 찾아와

어색한 분장으로 만나

우리의 대화에서
태양의 시간은 침몰한다

발 길이는 슬리퍼에 맞춘다

흩어진 연기를 잊는 시간
담배 연기 속 당신을 확인한다

빨랫줄에 낮달이 널려 있다
짝 잃은 표정이
빨래집게가 빗방울과
당신의 방향에서 흔들린다

비의 얼굴에 당신이 있다면

태양이 흔들리는 옥상에서는
당신이 빗물에 가라앉을 것이다

우리가 사라질 때
고개를 돌려도
당신이 없다
당신 아닌 당신만 있다

태양의 시간에서
구겨진 대화는
침몰하고 있다

나만 부를 수 없는 노래

여기 노래가 있다
가사가 있어도
부를 수 없는 노래

가사를 따라 누른 음계가
날 위해 추락하면

산 중턱에서 벗긴 가사들과
반음 내려 뒹구는 소문들이
나를 향해 쏟아진다

리듬 없는 노래에
불시착한 화성和成이
오선지를 휘젓고 다니며
무성의한 애도를 한다

노래 끝에 매달린 침묵이
멈추지 않는 곡소리와

화음을 쌓는다

나를 이탈한 소리가
봉분이 된다

나를 위해
부르는 노래는
나만 부를 수 없는 노래

내가 없이도
산이 울리는 까닭

늙은 애인

인간은 사랑에 취약한 종족이다.

나비가 비에 앉아 있다. 눈물이 흐른다. 눈물이 나비에 앉는다. 비도 슬픔과 내통한 죄로 눈물이 된다.

배꼽을 긁는다. 밤이 물에 가라앉는다. 바다가 밤의 무늬를 신고 내게 다가온다. 밤이 물에 갇혀 달빛으로 핀다.

인간이 흐르지 않는 달빛 위로 나비를 띄운다.

나비가 눈물에 앉아 있다. 나는 인간을 사랑한 벌로 인간이라는 질병에 걸려 있다.

직감은 얼마나 울어야 가질 수 있는 감각인지
얼마나 간직해야 벗어날 수 있는 육감인지
인간을 사랑한 죄가 이별 앞에서 선명해진다.

나는 이별에 가장 익숙한 족속이다.

이종교배

　나의 첫 애완동물은 나의 그림자. 나를 닮은 녀석은 햇빛을 참 무서워했지요. 처음으로 내가 애완동물을 데리고 산책을 시킨 날이었죠. 그날따라 유독 태양이 나를 따라왔어요. 나를 닮은 녀석은 태양을 처음 봤고요. 그 녀석은 태양을 보고 놀랐는지 내 등 뒤에 숨었어요. 그날 이후 내 등 뒤에서 떨어지지 않았어요. 그날부터 내 등 뒤에 살았지요.

　이런 날도 있었어요. 내가 녀석과 산책을 하다 쉬고 있었는데요. 그날따라 녀석이 보고 싶었어요. 그래서 등 뒤에 숨은 녀석을 불렀죠. 녀석은 태양을 피해 나를 그늘로 데리고 갔어요. 녀석은 그늘을 보고 안심했는지 내 등 뒤에서 뛰어내렸어요. 그다음 그늘 속으로 들어갔죠.

　녀석은 그늘과 눈이 맞았다고 했어요. 그 후 녀석을 볼 수 없었어요. 나는 그늘에게 녀석을 빼앗기고 공원을 나섰어요. 집으로 돌아오는 길이었어요. 나를 계속 따라오는 짐승이 있었는데요. 나의 두 번째 애완동물이었죠. 나는 그늘에게 그 녀석을 빼앗기기 싫었어요.

나는 그 녀석에게 청혼을 했어요. 그 자리에서 혼인 계약서도 썼어요. 남몰래 지장도 찍고 지하방에서 식도 올렸죠. 그 녀석은 매력이 넘쳤고 첫 번째 애완동물과 달랐어요. 나의 영역에서만 놀았지요. 내게서 쉽게 벗어날 수 없었지요. 나는 그림자와 첫날밤을 치렀어요.

그때 태어난 아기가 있는데요. 사람들은 그 아이가 그늘을 닮았다고 했어요. 그늘에서 잃어버린 짐승과 똑같다고도 했고요. 그런데 나는 그 아이를 본 적이 없어요.

네안데르탈인 세레모니

이제부터 인간은 내가 할 수 있는 유일한 역할이다.

상속받은 유전자가 내 취향이 아니었을 때 직립 보행을 포기해야 했다. 인간이기를 포기해야 했다. 인간의 악습을 알았을 때 나는 인간이었다. 두 발로 땅 위를 걷고 있었다. 식탁에 앉아 있었다.

식탁에 앉아 두 손을 모았다. 두 손이 떨어질 때까지 아무런 말도 하지 않았다. 손은 준비된 음식 위에서 풀었다. 입은 음식 앞에서만 열었다. 어쩌다 입에서 말을 게워내면 영영 음식을 담을 수 없었다. 입을 연다는 것은 음식을 담겠다는 신호였다.

입을 열었다. 오른손으로 소고기를 들었다. 반대편에서 왼손이 뺨에 부딪쳤다. 왼손으로 돼지고기를 집었다. 반대편에서 오른쪽 주먹이 턱으로 달려들었다. 입에 고기를 넣지 않았다.

식탁을 벗어나기 전까지 내가 할 수 있는 일이 있었다. 입을 열고 음식을 넣는 일이었다. 내가 유일하게 할 수 있는 인간들의 일이었다.

누가 내 악몽을 키웠나

꿈에 발을 넣었다.

지면보다 낮은 방에 홀로 누우면, 이 방은 밤이 빨리 찾아온다. 어둠도 자주 놀러 온다. 어둠은 방을 차지하고 날 밀어낸다. 내가 방의 여백이 된다. 이 방은 태아 자세가 어울린다. 내가 벽에 붙어 손가락을 빤다.

꿈에서 발을 헛디뎠다.

윗방에서 물을 쏟았는지 방 안이 축축하다. 사과를 깎는 소리가 들린다. 무릎이 지면에 닿자 울음소리도 난다. 층간 소음이 내 쪽으로 쏟아진다. 내가 반대쪽으로 몸을 돌려 나머지 손가락을 센다.

꿈의 바깥을 서성였다.

눈을 뜬다. 밖에서 낯익은 대화가 들린다. 문을 찾는데 문이 없다. 밖에서 나를 찾는 소리가 들린다. 내가 더

큰 소리를 지른다. 문을 닫는 소리가 들린다. 나는 다시
눈을 감는다.

꿈을 착각했다.

플라워

꽃이 인간과 타협을 했다
꽃은 인간의 품에서 다음 계절까지 머물 수 있었다

하나의 계절만 담을 수 있는 꽃이 있었다 꽃은 발아
를 할 때마다 계절을 찢었다 계절이 꽃 모양으로 피를
흘렸다 떨어지는 계절은 꽃에 모였다 붉은빛으로 꽃에
쌓였다

꽃이 붉은빛으로 인간을 유혹했다 인간 두 눈에 꽃
이 고였다 꽃 주위로 꿀벌들이 모여들었다 꿀벌들은 인
간을 배회했다 두 눈에 고인 꽃이 흔들렸다 인간은 홀
로 꽃을 갖고 싶었다

하나의 계절이 끊어졌다 꽃은 인간의 두 눈에 숨어
흩어지는 계절을 모른 체했다 붉은빛이 계절의 눈에서
벗어나 꽃이 되었다 꽃은 하나의 계절만 겨우 견디다 추
락했다

인간은 꽃잎에 묻은 계절 향이 그리워 두 눈동자에 시든 꽃을 담았다 인간 주위로 벌레들이 돌아다녔다 인간은 이울지 않는 꽃이 갖고 싶었다

계절이 시든 꽃의 향기를 벗겼다 인간은 꽃에게 사계절을 붓고 두 눈에 붉은빛을 담았다 더 이상 꽃에서는 붉은빛이 메마르지 않았다 더 이상 계절도 찢지 않았다 붉은 꽃이 인간 두 눈에 가득 폈다 누구도 붉은빛에게 곁을 내주지 않았다

검은자위에 꽃 한 송이가 꽂혀 있었다 사계절을 머금은 꽃이었다 인간은 이울지 않는 꽃이 마음에 들지 않았다

거꾸로 그린 자화상

　내가 있다 물구나무를 서고 있다 크레파스가 있고
흰 종이가 있다 눈이 있다 코가 있다 귀도 있다 모두 입
꼬리에 걸려 있다 이상한 얼굴이 있다 제자리를 잃은 이
목구비가 이마에 모여 있다 그림 속 얼굴이 웃고 있다

　흰 종이가 구겨져 있다 크레파스는 부러져 있다 흰색
없는 종이가 있다 종이에는 흰 크레파스만 있다 내가 있
다 물구나무를 하고 흘러내린 얼굴을 줍고 있다 얼굴
없는 내가 얼굴을 쓴 나를 보고 있다

　크레파스가 묻은 얼굴이 부러진 표정을 붙이고 있다
종이에 싸여 있는 표정이 감정을 줍고 있다 거울에는 내
가 버린 얼굴이 있다 흰 종이가 있고 크레파스가 있다
거울 속 울고 있는 얼굴이 있다

　내가 있다 입꼬리를 풀고 있다 이목구비가 쏟아지고
있다 쓰레기통이 가득 차 있다 흰 종이 위에서 물구나
무를 서고 있다 헤어진 얼굴을 찾아 쓰레기통을 뒤지고

있다 거울 속 나는 나를 찾고 있다 내가 찾는 얼굴이 구
겨진 종이에 있다

전당포에 가면

어둠이 지면에 닿을 무렵부터 전당포 입구에는 길게 줄이 이어졌다. 그는 자기 차례를 기다리는 내내 허리춤에 찬 그림자를 벗었다가 입었다가를 반복했다. 전당포 입구의 줄도 줄었다가 늘었다가 했다. 저 멀리 그림자 하나가 긴 줄 맨 끝에 섰다. 그는 전당포에 그림자를 맡기고 비닐봉지 하나를 받아서 나왔다.

문 밖의 그림자들은 아직도 제 차례를 기다리고 있었다. 그는 자전거에 비닐봉지를 싣고 페달을 밟았다. 자전거가 그림자가 없는 주인을 업고 달렸다. 얼마쯤 달려왔을까? 그가 달려온 길 쪽으로 고개를 돌렸다. 자전거는 제자리에서 헛돌고 있었다.

주인 없는 그림자들을 쌓아 만든 언덕이 있었다. 그는 그쪽으로 자전거를 옮겨 놓고 언덕에 나뒹구는 그림자를 주워 입었다. 그리고 자전거에 올라 페달을 밟았다. 자전거는 움직이지 않았다.

지금도 전당포 입구에는 긴 줄이 줄어들지 않는다. 이 시간에도 저 멀리서 그림자 무리들이 다가와 기나긴 줄이 된다. 긴 줄은 지금까지 찾아가지 않은 그림자다. 아직도 전당포에 가면 그 앞을 기웃거리는 그림자가 있다. 비닐봉지를 신고도 출발하지 못한 자전거들도 있다.

간이식당

우리 동네 맛집을 소개합니다.

새벽, 그 어딘가에 위치한 식당. 매일같이 새벽으로 붐비는 식당. 아무렇게나 앉으면 아무렇지 않게 음식이 나오는 불편한 식당.

우리 동네 식당은 주인이 따로 없습니다. 손님이 하나, 둘 자리를 채웁니다. 주인이 손님 틈에서 일어납니다. 그 틈을 새벽을 닮은 사람들이 다시 채웁니다.

주문은 따로 받지 않습니다. 가만히 앉아 테이블을 닦습니다. 주문하지 않은 메뉴가 나옵니다. 손님들이 엉성하게 입을 엽니다.

젓가락 소리가 식당을 채웁니다. 손님들이 지나가는 시선을 붙잡습니다. 테이블에 시선들을 앉혀 놓고 음식을 권합니다. 새벽도 물러가다 들릅니다.

우리 동네 맛집은 아무도 모르게 영업 중입니다. 처음 온 손님들도 단골로 나가는 식당은 음식 맛보다 사람 맛으로 유명합니다. 새벽은 사람이 그리워 들렀다가 오늘도 마지막 손님을 배웅하고 사라집니다.

눈물은 슬픔이 흘리는 몸짓이다

전주터미널 매표소 앞에
입 모양이 어색한 여인
눈물을 흘리지 않고
슬픔이 흐르는 소리를 낸다
가장 빠른 슬픔으로
한 장 주세요
슬픔은 오래전에 매진된 감정
더 큰 슬픔을 가지고도
살 수 없었다
그녀는 버스가 떠난 승강장에서
눈물을 흘리지 않고도
꽃을 꺾을 수 있었다
암표상에게 슬픔 한 장을 사면
더 큰 슬픔이 온다고
홀로
아픔 한 장을 쥐고
터미널을 떠난다
눈물 없이 울어 본 사람들은

슬플 때 흘리는 몸짓이 있다
아무것도
담을 수 없는 몸짓에는
슬픔을 달고
떨어지는 꽃잎이 있다

늦은
저녁

이른 저녁 침대에 누워
오지 않는 잠을 불러 모았다
잠은 쉽게 곁을 내주지 않았다
나는 늦잠을 유혹해
점심 늦게 학교에 갔다
오늘은 교복 입는 마지막 날
교문 뒤 버려진 꽃대에 야생화를 꽂고
텅 빈 교실로 갔다
졸업장을 들고 나오는 길에
야생화를 놓고 나왔다
아버지가 물려주신 겨울바람을
손에 쥐고 중국집을 지났다
집에서 늦은 낮잠을 잤다
낮잠에서 짜장면 맛이 났다
불지 않은 짜장면이었다

4부
무명

어르신 유치원

노란 스타렉스가 회전 교차로를 돈다
저 멀리
열 맞춰 스타렉스를 기다리는 아이들
미동 없이 두 눈만 깜빡인다
아이들 목덜미에 걸린 주름진 이름표를
겨울바람이 타이른다
뽕짝 음악이 스타렉스에서 흘러내려
빈자리를 찾아 돌아다니다
과속 방지 턱 앞에서 넘어진다
기울어진 어깨들이 수평을 맞추려 애쓴다
아이들이 주글주글한 이름을
정작 본인은 미처 알지 못했던 이름을
서로 부르며 두 눈을 질끈 감았다 뜬다
산 중턱에서 스타렉스가 멈춘다
아이들이 겨울바람에 밀려
놀이터도 없는 유치원으로 들어간다
회색 스타렉스가 노을 밑
회전 교차로를 몰래 빠져나간다

불면증 1

아직 정복 못 한 잠을 찾아
반신욕을 해요.

침대에 누워 발끝을 모아요. 깍지 낀 손은 정수리에
놓고, 양 떼로 만든 이불을 덮어요. 양털로 눈을 가려도
아직 잠이 오지 않네요. 라디오를 켜니 듣다 남은 주파
수가 날 뒤집어요. 살려 줘요, 주파수를 따라 밤을 넘기
전에.

이유 없이
날 응시하는 꿈이여,
잠을 허락해 주세요.

사라진 양 떼를 찾아요. 발가락에 주파수가 앉아 간
지러워요. 잠도 놀러 오지 않는 밤, 빛 없이 동공을 굴려
요. 멀리 있는 주파수를 따라 양들도 날 따라요. 가만히
누워 꿈 조각을 맞춰요. 여기 한 조각이 모자라요. 양 한
마리가 가지고 도망갔나요?

꿈이여,

오늘은 나를 꼭 찾아 주세요.

어제가 점령한 오늘 밤은 무슨 색일까요? 어떤 양말
과 어울릴까요? 밤의 무늬를 따라 골목길을 걸어요. 아
무도 없는 길에 달빛들이 앉아 발끝을 봐요. 양말에 물
든 꿈이 있어요. 잠의 보호색을 띠고 내가 있어요. 양들
이 나를 찾네요. 내가 양을 닮았나요?

잠이여,

부디 나를 정복해 주세요.

불면증 2

꿈이 내 몸을 인질로 잡고
잠을 협상 테이블로 불렀다
잠은 나를 대신해 꿈의 요구를 들었다
열한 시 이전에 취침할 것
자기 전에 화장실에 갈 것
꿈은 잠에게 나의 불면증에 대한
불평을 늘어놓았다
잠은 꿈의 요구를 수락했고
나의 소원을 부탁했다
보고 싶어도 볼 수 없는 사람을
꿈에 초대할 것
꿈은 잠의 요구를 거절하고
내 몸을 놓고 사라졌다
꿈은 더 이상 나를 찾지 않았다
나는 아직도 그 사람을 보지 못한 채
꿈에서 기다리고 있다

악수례

우연히 만난 친구가 간단한 인사말 끝에 손을 내민다. 올곧은 손가락과 아치형 손톱이 주인을 닮았다. 나는 자리에 주저앉아, 신발 끈을 묶었다. 내 손바닥 여기저기서 굳은살이 솟아올랐다. 유난히 짧은 손가락이 자꾸만 굳은살에 걸렸다. 잃어버린 손가락 마디만큼 잘려나간 꿈. 꿈을 찾아 헤매던 시간들이 손바닥에 언덕을 이루었다는 전설. 친구가 나를 재촉하며 내 손을 잡아 이끌었다. 살아온 날들의 강도가 손바닥과 손바닥 사이를 멀어지게 했다. 나는 친구의 손등에 짧은 손가락을 살짝 올려놓았다. 친구가 말없이 고개를 끄덕였다.

옆집에 과일이 산다.

옆집에 우리 가족이 두려워하는 과일이 산다. 책에서 나 보던 과일이 접시에 누워 날 바라본다. 나는 과일을 씹으며 태몽을 의심한다.

친구가 장난감을 안은 채 엄마와 손짓을 주고받는다. 손짓은 과자가 되고 새 장난감이 된다. 나는 친구 장난감을 바라보며 양손을 움직인다.

친구와 마주 앉아 서로의 손금을 본다. 친구 입 안 가득 복숭아 향이 흘러넘친다. 나는 친구를 따라 복숭아를 먹는다. 복숭아를 다 삼키면 태몽을 바꿀 수 있을까. 주인 있는 태몽도 훔칠 수 있을까.

복숭아를 씹으며 엄마에게 손짓한다. 장난감을 안은 채 엄마를 부른다. 입에서 탈출한 이야기가 왼손에서 발견된다.

나는 복숭아를 씹으며 엄마를 부른다.

온몸을 긁으며 더 크게 엄마를 부른다.

나와 닮지 않은 목소리가 희미하게 나를 부른다.

행복의 나라

행복의 나라에는 행복이 없어요.
행복이 없으니 불행도 없지요.

골목길 모퉁이 나무 의자 하나가
바람을 쫓아 좌우로 엇박을 탄다.
골목에 울려 퍼지는 나무 그늘 뒤로
한 아이가 허기를 벗어 층층이 쌓는다.
나무 의자에 놓인 사과를 베어 문다.

행복의 나라에는 행복이 없어요.
행복은 없어도 먹던 사과는 있어요.

나무 의자에 슬며시 숨어 앉은 바람이
커피를 휘젓고 골목길을 빠져나간다.
누군가 나무 의자에 앉아
식은 커피를 마신다.
사과 바구니에서 사과가 떨어진다.

행복의 나라에는 행복이 없어요.
행복이 없으니 행복을 몰라요.

햇살이 살며시 눈꺼풀을 누르자
아이가 나무 의자에 기대 낮잠을 잔다.
누군가 아이를 품에 안은 채
나무 의자에서 존다.
꿈에서 사과 향이 난다.

행복의 나라에는 행복이 없어요.
새근대며 낮잠 자는 아이만 있을 뿐
행복의 나라에는 행복이 없어요.

빈손

빈손으로 꿈을 꾸러 가면
양손 가득 희망을 쥔 이가
나를 밀치고 새치기를 한다.

아무리 차례를 기다려도
쉽게 오지 않는 기회

꿈에 닿을 수 있다는
막연한 기대를 가지고
꿈 주위를 서성인다.

내가 꾼 꿈이
홀로 거리를 헤매다
지쳐 쓰러진다.

누군가 밟아도
말 한마디 못 한 채
멍하니 그대로

꿈이 내 손을 잡고
꿈 밖으로 나를 내몬다

꿈에서 밀려난 내가
개를 끌고 걷는다.
저 멀리 개가
건널목을 걷는다.

나는 손에 쥔 꿈을 놓고
건널목을 걷는다.
바람이 빈손을 채운다.

무명 배우

텔레비전에 나왔습니다. 주말연속극 시장에서, 미니 시리즈 골목에서, 월화드라마 가게에서. 일주일에 하루를 제외하고 텔레비전에 나왔습니다.

일당을 받아 순댓국집에 갔습니다. 주말연속극에서 내가 나오는 찰나, 주문하지도 않은 순댓국이 나왔습니다.

아무렇지 않은 척 순댓국을 먹었습니다. 텔레비전에 반쯤 나온 내가 나를 비웃는 것 같아, 주말연속극이 끝나기 전에 식당에서 나왔습니다.

어디에서 본 것 같다는 말에 서둘러 나왔습니다.

만 원짜리 두 장을 내고 거스름돈을 받았습니다. 천 원짜리 네 장을 카운터에 올려놓고 나왔습니다. 식당 주인이 나를 쫓아 이천 원을 돌려줍니다. 나는 웃고 또 웃었습니다.

텔레비전에 나왔습니다. 주말연속극 공중화장실에
서 미니시리즈 주차장에서 일주일에 삼 일을 제외하고
텔레비전에 나왔습니다.

드라마 세트를 만들었습니다. 이틀 걸려 만든 세트에
서 드라마 주인공이 순댓국을 먹었습니다. 주인공의 대
사를 따라 하며 순댓국을 맛있게 먹었습니다.

몸값

장례식장 현금 인출기에
그림자가 길게 줄을 선다
죽음의 몸값을 책정하는 사람들
그 틈으로
지폐 세는 소리가 비집고 앉는다

사람들이 분주히 몸값을 흥정한다

아이가 검은 옷을 입고
부의금 상자 옆에서 목례를 한다
고인보다 상주의 삶에 비례한
아이의 목례 속도

영정 사진을 등지고 앉은 조문객이
제 몸값에 대해 하소연을 한다
하소연 수만큼 부딪치는 술잔

죽겠다는 소리가 장례식장에 머물다

요란한 벨 소리와 함께 흩어진다

상주가 부의금 상자 곁을 비운
아이를 타박한다
아이는 제 몸값을 생각하며
목례를 계속한다

부고 문자

늘 죽음을 알리는 소식은
모르는 발신자에게서 온다.
아무리 기억을 더듬어도
생각나지 않는 인연 앞에서
전화번호의 옛 주인을 떠올린다.
주인이 바뀐 전화번호에까지
알려야 했던 죽음은
누구를 위한 인사였을까
안면 없는 이의 죽음과
그 죽음을 알리는 슬픔을
몇 번이고 다시 읽는다.
기억나지 않는 인연에 대해
몇 번이고 곱씹으며
미처 알아차리지 못한
수많은 죽음을 더듬는다

꿈값

꿈을 빌려주고 받은 사탕
바다를 건너와 시원한 바다 맛이 난다.
씹을수록 바다 비린내가 나는 사탕
깨진 사탕을 책상 위에 뱉고
가방 속 뭉개진 내 꿈을 들고
자리로 돌아왔다.
선생님이 내 꿈을 빼앗았다
선생님이 연행해 간 내 꿈은
친구의 가방 안으로 사라졌다.
내 꿈이 잡혀갈 때
내가 할 수 있는 일은
책상을 들고 하늘을 보는 일
책상에 붙은 깨진 사탕이
얼굴에 떨어졌다.
나는 사탕을 씹으며
바다를 건너는 꿈을 다시 꾼다.

부당한 일

부당하다는 외침이
외려 들꽃에게는
배부른 소리로 들릴까
남몰래 속을 앓는다
아무것도 아니라고
그래 봤자 네가 어떻게 할 수 있겠냐는
물음에
침묵은 나의 대답을 대신한다
상대방의 목소리가 사무실 벽 부딪쳐
내게로 온다
아무리 발버둥쳐도
내 목소리는
사무실 벽을 끝까지 오르는 법이 없다
부당하다고 외침이
침묵이 될 때
침을 삼키고
들꽃 곁에서 들꽃이 된다

해 질 녘 먹는 사탕

모악산 중턱에 앉아
오래된 산바람을 기다린다
새 울음이 낙엽을 밟고 도망간다
바람이 바람인 척 불어와
목덜미를 스쳐 간다
빛바랜 사탕 껍질이 날린다
산 정상에 서서 딸기 맛 사탕을 먹는다
해 질 녘 먹는 사탕은 아프다
달콤해서 더 아프다
아픈 기억보다 아픈 것은
아픔이 아니다
홀로 하산하는 길 내내
먹는 사탕은 아프다
빛바랜 사탕 껍질을 주워
주머니에 넣는다
시든 딸기가 참 맛있게 보인다

반칙한 슬픔

남들보다 두 달하고 삼 일이나 먼저 태어났습니다.
남자와 여자는 서로를 좋아했지만
각자 다른 결혼식장으로 들어갔습니다.
나는 울 수 없었습니다.
미처 슬픔을 배우기도 전에 슬픔을 알았기 때문입
니다.

내가 태어난 날 눈이 내렸다고 했습니다.
하지만 나는 지금까지 단 한 번도 눈을 본 적 없습니다.
여태껏 눈을 본 사람은 아무도 없다고 했습니다.

달리기를 하다 우승을 할 수 없어 넘어졌습니다.
나는 패배자가 아니라 병자가 되었습니다.
친구와 싸우다 친구 대신 나를 때렸습니다.
나는 패배자가 아니라 미친놈이 되었습니다.

전학 온 아이가 눈을 보았다고 했습니다.
나는 눈에 대해 물었습니다.

아이는 눈이 패배자를 닮았다고 했습니다.
나는 눈물이 났습니다.
내가 아는 슬픔도
슬픔이었기 때문입니다.

불길한 존재, 인간의 본성에 관한 명상

양병호(시인, 전북대 국문과 교수)

1. "인간을 사랑한 벌로 인간이라는 질병"에 걸린 존재

나는 누구인가? 이 자아 실체 규명의 질문은 모름지기 청소년기에 이르러 해결해야 할 필수적인 과제이다. 나아가 인간이란 존재의 정체는 무엇인가? 이 본질적 질문은 성년이 되어 사회적 존재 혹은 관계적 존재 혹은 도덕적 존재로서의 삶을 치르기 위해 꼼꼼히 숙제해야 할 화두이다. 인간은 자아에 대한 근원적 질문과 해명 과정을 통해 삶의 목적과 방향을 설정하기 때문이다. 뿐만 아니라 인간의 삶은 자아와 세계의 조정과 화해 과정으로 이루어지기 때문이다. 인간에 대한 본질적 질문은 기실 해답이 없는 철학적 차원의 지난한 과제이다. 그럼에도 반드시 수강해야 할 인간학 과정의 필수 과목이다.

김태우 시인은 인간에 대한 본질적 질문을 다각적으로 집요하게 수행한다. 시를 통해 인간을 사색하고, 해석하고, 명상하고, 성찰하고, 철학한다. 그가 성찰하는 대상인 '인간'은 쉽사리 정체를 드러내지 않는다. 오히려 숙고할수록 머리카락 보일라 꼭꼭 숨어 버린다. 이따금 언뜻 정체를 들킬지라도 매번 형상을 변모함으로써 혼돈지경에 들게 한다. 그래도 시인은 의기소침하지 않고 끈질기게 달려든다. 외려 더욱 전투력을 발휘하여 근원을 향해 나아간다. 이 불가해한 화두를 향해 포기하지 않고 사색하는 집요한 끈질김이 김태우 시학의 특성이다.

하여 그의 시는 인간 탐구를 위한 치열한 사색의 고투로 인해 비극적 긴장감을 증폭시킨다. 그에게 인간은 불길한 존재로 표상된다. 그의 시선은 우울하고 파편적이며 병약하고 분열적이다. 천형의 속성을 지닌 비극적 존재가 살고 있는 세계 역시 어둡고 차갑고 따가운 감각으로 마주치는 타락하고 오염된 공간이다. 시인이 사색하는 시적 대상은 대체로 자아와 세계로 양극화되어 있다. 그러나 인간 존재에 대한 성찰의 범위와 밀도가 세계에 비해 훨씬 강력하고 압도적이다. 이러한 점에서 김태우는 존재론적 사유를 즐기는 성향이 농후하다.

세상의 얼룩인 당신, 울음에서 격리된 채 첫 눈물을 분실했네요 더 이상 울지 못해 울음마저 배설했네요 당신이 쏟은 세상에는 얼룩 하나 없네요 당신의 방향에서 우리 만나요 출출한 애착이 선택한 텅 빈 울음에서 당신

을 찾을게요 얼룩이 흐려지면 좀 더 울 수 있을까요 당신
에게 적응하면 흔적이 될 수 있을까요 세상에서 당신을
지울 테니 당신의 자국도 함께 숨겨요 처음 본 울음의 이
름은 당신, 잉태한 대가는 눈물인데 아무것도 할 수 없네
요 차라리 세상에서 우리가 마르면 당신의 결말을 지울
게요 삭제된 세상의 얼룩에서, 당신이 뱉은 내가 당신을
뱉을 때까지.

—「고고呱呱」 전문

이 시는 눈물과 울음을 통해 존재의 비극적 성격을
제시한 홍사용의 시 「나는 왕이로소이다」를 떠올린다.
이 시는 '당신'에 대한 화자 '나'의 자조적, 자탄적 토로의
형식을 지니고 있다. 특히 탄생의 구조를 활용하여 '당
신'은 어머니, '나'는 자식의 위계를 설정한다. 예컨대 자
식인 화자 '나'는 어머니인 '당신'에게 일방적으로 질문
하고 요구하고 푸념하고 토로한다. '당신'의 존재는 웅대
하지 않고, 화자의 상념 속에 추상적으로 존재할 뿐이
다. 하여 '나'의 존재 성격은 희미하게 드러나는 반면에
'당신'의 존재 특성은 매우 분명하게 표상된다. 여기서
중요한 것은 '당신'의 존재를 '나'가 운명적으로 수용할
수밖에 없다는 자각이다.
  '당신'의 정체는 감각적 이미지로 제시되지 않는다.

'당신'은 추상명사와 사물과 관념으로 반복 병렬되어 중첩된다. 예컨대 '당신'은 '얼룩, 울음, 눈물, 애착, 흔적, 자국' 등이다. 반복적으로 중첩하여 제시되는 '당신'의 관념이나 이미지는 슬픔과 비애의 비극적 상태로 범주화된다. 당신은 세상과 화해의 관계가 아니라 불화 관계에 놓여 있다. 예컨대 '당신'은 '격리, 분실, 배설, 뱉을' 대상으로 인지되고 있다. 나아가 '당신'은 주체적인 능동적 태도를 보이기보다 간접적인 피동적 성격을 지닌다. 현실 상황을 타개하고 극복하려는 욕망이나 의지를 전혀 드러내지 않는다. 그러한 당신의 존재 성격을 화자인 '나'는 거듭 들추어내서 곱씹고 있다.

그런데 시상이 전개되면서 암묵적으로 '당신'은 '나'와 동일시되고 있다. 달리 말해 화자 '나'가 '당신'에 대해 질문하고 있는 것은 궁극적으로 자아 존재에 대한 성찰인 것이다. 그 결과 인간은 근원적으로 울음과 눈물이 상징하는 슬픔을 지니고 태어난 비극적 존재로 표상된다. 특히 태생적 비극성을 존재 속성으로 한 인간은 "삭제된 세상"에서 '지워지고, 뱉어지는' 극한으로 내몰림으로써 비극성이 더욱 강화된다.

인간 존재의 본성에 대한 시인의 탐구와 성찰은 매우 끈질기게 지속된다. "인간 앞에서 인간 흉내를 냈다.", "두 발로 선 짐승들이 나를 놓고 둘러앉았다.", "내게 울음은 몸을 뒤덮은 반점이었다. 아니 허기와 고통이었다." (「생존 일지(?~?)」)라는 문장에서 시인은 인간과 짐승의 구별로 인간성 상실의 시대적 징후를 표상한다. 나아가 이와 같은 반문명적 시대 상황에 '인간다운 너무나 인간다운 인간'은 "울음, 허기, 고통"으로 대응한다. 화자는 결국 "이제 내가 세상을 버려야겠다."는 자포자기적 선언을 내뱉으면서 패배주의를 표방한다.

"매일 밤 우리 러시안룰렛을 돌리자. 서로의 유전자를 넣고 방아쇠를 당기자.", "새치기로 나온 그, 여자를 세상은 거절했다. 허락 없이 태어난 죄로 이름 대신 죄명을 얻었다.", "우리는 숫자를 넣고 제비뽑기를 했다. 한 장은 생일 또 다른 한 장은 기일을 뽑았다." (「간성間性」)에서 시인은 '러시안룰렛'의 속성을 빌려, 인생은 우연적이고 불확실한 비극적 운명을 지니고 있다고 강조한다. 또 인간의 만남 역시 우연적 발생이고, 인간의 탄생 역시 '새치기'에 불과한 우연이다. 그 우연적 생명은 원죄를 지닌 존재로 드러난다. 하여 인간의 삶과 죽음 역시 우연한 게임에 불과한 것일 뿐이다. 시인은 "인간성"이란 어휘에서 "인人"을 의도적으로 삭제하고 "간성間性"을 제목으로 차용함으로써 인간성이 상실된 삭막한 현대인의 초상을 표상한다.

"그곳이 어두운지 눈을 감아 어두운지 알 수 없었

다", "이곳이 어두운지 네가 없어 어두운지 알 수 없다" "모르는 얼굴이 다 내 것인지 네 것인지 아니면 우리 것인지 이제 알고 싶지 않다" (「나+너≠우리」)에서 시인은 '나'와 '세상'을 어둡게 만드는 요인을 탐색한다. 그 어둠의 정체 찾기 작업은 어둠의 대상인 '세상' 자체에 문제가 있는 것인지, 아니면 바라보는 주체인 '나'의 무능력인지 혼란스럽다. 나아가 화자는 자아를 그리고 세상을 어둡게 하는 요인으로 '너'와의 관계 단절을 적시한다. 그러나 화자는 뒤이어 어둠의 원인과 정체를 "이제 알고 싶지 않다"는 언명을 통해 관계적 존재성을 깡그리 부정한다. 이는 삶과 세계에 대해 극단적으로 부정하는 태도이다. 제목 「나+너≠우리」는 관계 단절의 세상 읽기를 명확히 함축하고 있다.

> 나보다 늦게 작명소에서 태어난 이름이 있었다.
> 보자기에 곱게 싸인 채
> 이 집 저 집 기웃거리던 이름이었다.
> 한번은 학교에서 나와 다른 옷을 입고 있는
> 내 이름을 처음 보았다.
> 친구들은 내 이름 주위에 몰려와
> 내 이름을 귀찮게 했다.
> 나는 내 이름을 구하려 친구들에게 다가갔다.

친구들은 내 이름을 데리고 흩어졌다.

나는 내 이름과 점점 멀어졌다.

선생님이 내 이름을 불렀다.

내가 일어나기도 전에

낯선 아이가 선생님 앞으로 걸어갔다.

친구들이 손뼉을 치며 나를 흘깃 쳐다보았다.

나는 내 이름을 보자기에 싼 채

선생님과 낯선 아이 옆을

조용히 지나 교실 문을 나섰다.

나를 잡는 이들은 없었지만

내 이름을 연신 부르는 소리가 복도 끝까지 울렸다.

—「동명이인」 전문

이 시는 일견 동일한 이름을 지닌 서로 다른 사람이 한 공간(학교)에서의 만남으로 인해 빚어진 해프닝을 형상화하고 있다. 그러나 이 시 역시 그렇게 단순하지 않고 의미심장하다. 김태우는 사소한 상황이나 사건을 통해 사뭇 진지하고, 엄숙하고, 진중한 문제의식을 드러내는 작시법을 선호한다. 이는 일종의 가볍고 경쾌한 언표로 둔중한 주제를 다루는 방식이다. 그 중에서 즐겨 사용하는 표현법으로 주객전도, 혹은 표의반전을 들 수 있다. 이 작품 역시 이름과 실체의 반전을 통한 주객전도의 낯섦을 표현 의장으로 채택하고 있다.

명명 혹은 호명은 존재를 확인하고 인정하는 기본 행위이다. 사물이나 관념에 이름을 부여하는 행위는 존재론적 인식 행위로써 앎의 영토를 확장하는 일이다. 언어학자 소쉬르Ferdinand de Saussure에 따르면 명명 행위는 기표signifiant와 기의signifie의 결합으로 형성된다. 예컨대 실체 혹은 존재에 이름 혹은 소리를 부여하는 행위이다. 이름을 붙이는 결합의 동기는 자의적이다. 이 시 역시 이와 같은 임의적 명명 행위의 속성을 활용하여 시상을 전개한다. 다만 이름과 실체의 속성이 전도되어 있다. 예컨대 이름은 형식이고 실질은 존재인데, 이것이 서로 전도되거나 혼융되어 있다. 이로 인해 주객전도의 현실은 기괴한 상황을 표출한다.

"나보다 늦게" "태어난 이름"은 "나"라는 존재를 표시하는 이름, 표식, 징후, 기미, 형식일 따름이다. 그러나 이름이 존재 대신 활성화되고, "나"라는 존재는 이름으로부터 결국에는 소외·추방당하는 지경에 이른다. 그런데 불행하게도 화자인 '나'만 실체가 이름과 분리 결별되어 소외되는 것이 아니다. 타자들 역시 동일한 운명에 처해 있다. 이는 같은 이름을 가진 이인異人의 등장으로 제시된다. 요컨대 시인은 실체와 이름의 불일치 현상을 통해 정체성 상실의 현대적 상황을 부각하고 싶은 것이

다. 본질과 현상의 불일치라는 상황을 극화함으로써 주
객전도된 세상의 단면을 표상하는 것이다.

2. "나 어릴 적 숨긴 태양을 빼앗아" 간 유년, 학교의 추억

인간의 본성에 관한 우울한 사색과 그로테스크한 사유는 삶과 세계를 비극적 풍경으로 발현시킨다. 시인은 현재 시간을 거슬러 유년의 시간, 아니 그마저 초월하여 신화의 공간으로 되돌아간다. 이는 단순한 퇴행의 행위가 아니다. 현실 공간에 대한 부적응 아니면 부정적 태도의 반발 작용일 수 있다. 그러나 유년의 학교 혹은 신화의 공간은 이상향으로 기능한다. 현재 세계는 실낙원이기 때문에 상심한 시인은 원만구족圓滿具足한 이상 세계인 낙원을 두리번거리며 찾아간다. 유년과 신화의 세계는 순수하고 평화로울 것이라고 추억하면서 주춤주춤 다가간다.

그러나 현실 공간의 안티테제로 여기고 방문한 과거의 유년, 학교, 신화의 공간은 관념 속에서만 존재한다. 유년을 찾아간 주체인 화자 자신이 이미 성년으로 변모했기 때문이다. 예컨대 세상은 그대로인데 인식 주체가 변화해 버린 것이다. 오히려 실낙원의 풍경을 회상하며 암울한 현실의 근원을 자각한다. 그리하여 화자는 여전

히 비극적이며 부정적인 세계 인식에 침잠한다. 타락하
고 오염된 세계로 인지된 현재로부터 탈출을 꿈꾼 화자
는 유년과 신화의 공간에서 더욱 깊은 절망과 허무에 경
도된다. 절대적인 우울에 감염된다.

　　나 어릴 적 태양이 두 개 있었는데 나 어릴 적 살던 거
인이 태양을 하나 달라기에 나 어릴 적 살던 곳에 태양
을 숨기고 돌아오다 나 어릴 적 먹던 사과가 갑자기 생각
이 나 나 어릴 적 들은 뱀의 속삭임을 따라 나 어릴 적 놀
던 공터로 갔는데 나 어릴 적 심은 사과나무는 없고 나
어릴 적 놀던 공룡들도 없고 나 어릴 적 지나던 자리마다
거인이 지키고 있어 나 어릴 적 머물던 집에 갔는데 나 어
릴 적 싸운 곰이랑 호랑이가 있어 나 어릴 적 들르던 동굴
로 가니 나 어릴 적 만난 그림자가 있어 나 어릴 적 이야기
를 나누다 나 어릴 적 알던 거인이 찾아와 나 어릴 적 숨
긴 태양을 빼앗아 도망가는데 나 어릴 적 지름길로 거인
을 미행하니 나 어릴 적 가장 높은 산꼭대기에 나 어릴 적
보던 태양이 박혀 있어 나 어릴 적 마을로 돌아가니 나 어
릴 적 마을은 태양이 녹아내려 나 어릴 적 살던 거인들을
삼키고 나 어릴 적 놀던 계곡도 지우고 나 어릴 적 보던 호
랑이는 쫓아내고 나 어릴 적 친하던 곰만 있어 나 어릴 적
받은 마늘을 주고 나 어릴 적 놀던 친구들을 찾았는데 나

어릴 적 알던 이들은 전부 잠적했고 나 어릴 적 태어난 적
없는 내가 나 어릴 적 헤어진 나와 있는데

―「무용담」 전문

이 시는 거인과 태양 신화, 기독교 창세 신화, 단군 신
화가 서로 버무려져 의도를 구축하고 있다. 화자는 "나
어릴 적" 시공인 신화의 세계를 찾아간다. 신화의 공간
인 "마을"에서 화자가 맞닥뜨린 것은 그리워한 대상들
이 모두 상실, 소멸되어 부재한다는 사실이다. 화자는 유
년의 공간에서 순수한 대상이었던 것들이 모두 존재하
지 않는 실낙원을 확인할 따름이다. 그 대상 상실의 중
첩은 '숨기고, 없고, 빼앗아, 녹아내려, 삼키고, 지우고, 쫓
아내고, 잠적했고' 등의 서술어 반복으로 드러난다. 화
자는 '나 어릴 적 알던, 친하던' 친구들이 사라지고 없다
는 사실에 망연자실한다.

특히 이 시에 "나 어릴 적"은 매우 빈번하게 반복되고
있다. 이는 형식적 차원에서 산문시의 둔중한 율동 감
각을 경쾌한 리듬으로 변환하는 작용을 한다. 의미론
적 차원에서는 유년과 신화의 순수한 공간 상실을 안
타까워함과 동시에 지속 유지하는 역할을 담당한다. 현
실에서 벗어나 신화의 환상 세계에서 벌이는 '무용담'
은 현재로부터의 탈출이자 극복에의 욕망이 투사된 것

이다. 결국 화자는 타락하고 오염된 현재로부터 순수 원형의 공간으로 일종의 소풍을 다녀온 것이다. 그럼에도 화자의 상실감과 허전함은 해소되지 않는다. 그가 만난 공간은 사실 실낙원이었기 때문이다. 하여 '나'의 외로움과 상실감은 가시어지지 않는 갈증으로 여전히 남는다.

> 비가 오면
> 젖는 것은 무섭지 않아요.
> 비가 와도
> 젖지 않는 사실이
> 무서울 뿐이죠.
>
> —「폐소공포증」 부분

현실과 현재 공간을 "학교"로 은유한 이 작품은 현실 공간을 "폐소"로 함축하고 있다. 학생들은 선생님에 의해 학교에 감금되고, 선생님은 학교를 떠난다. 학교의 본래적 기능은 마비되고, 선생과 학생의 관계도 훼손되어 암담한 현실이 제시된다. 시에 등장하는 인물들 사이의 관계는 감금과 탈출의 역학으로 드러난다. 문제는 외부 환경에 자연스럽게 반응하는 상식적 상황이 아니라 타성화된, 무감각화된, 무기력한 상황 대처에 있다. 이는 현

실에 대한 부정적 인식일 뿐 아니라 상황에 반응하는 인
간들의 무자각성, 피동성, 무감각성에 대한 공포를 표출
한다.

> 우리는 사랑을 할 때
> 이별 노래를 들으며
> 서로가 모르는 이름을 부른다
> 밤이 앉은 골목을 홀로 걷다
> 우연히 다음 생의 이름을 들었다
> 그것은 부르는 사람이 없는 이름
> 나도 모르고 아무도 모르는 이름
> 그래서 좋은 이름
>
> ─「내가 모르는 나의 이름들」 부분

이 시에서 화자는 "다음 생의 이름"을 위하여 현실의
삶을 이루어 나간다. 그러나 현실은 자기 주도적으로,
자아 주체적으로 삶을 이룰 수 없도록 훼방한다. 타자
의 의도에 따른 호명으로 자아의 주체성이 흔들리고 위
협받는다. 하여 화자는 지독한, 냉정한, 오염된, 비정한,
타락한 현실을 "폐소"로 인지하는 자아 분열의 지경에
도달한다. 자아와 인지 주체 사이의 결합이 어긋나거나,
결속이 삐걱거리는 상황이 발생한다.

더군다나 타자 사이의 강력한 화해이자 화합인 "사랑"을 하면서도 "이별 노래"를 듣는 아이러니의 지경인 것이다. 사랑의 정점인 동일화 혹은 일체화의 순간에 "서로가 모르는 이름"을 부르며 쓸쓸한 생을 이루어 가는 것이다. 위장된 사랑, 가식적인 사랑, 스스로 속는 사랑, 어긋난 사랑을 하며 외롭게 생을 치러 나가는 것이다. 화자는 마침내 "다음 생의 이름"과 조우한다. 그것은 누구에게도 정형화되지 않은, 도식화되지 않은, 가두어지지 않은, 불확정의 "이름", 즉 순결한 존재이다. 곧 "좋은 이름", 좋은 존재는 어떤 조건에도 틀 지워지지 않은 순수하고 무구한 본성을 지닌다.

꿈에 발을 넣었다.

지면보다 낮은 방에 홀로 누우면, 이 방은 밤이 빨리 찾아온다. 어둠도 자주 놀러 온다. 어둠은 방을 차지하고 날 밀어낸다. 내가 방의 여백이 된다. 이 방은 태아 자세가 어울린다. 내가 벽에 붙어 손가락을 빤다.

꿈에서 발을 헛디뎠다.

윗방에서 물을 쏟았는지 방 안이 축축하다. 사과를 깎

는 소리가 들린다. 무릎이 지면에 닿자 울음소리도 난다. 층간 소음이 내 쪽으로 쏟아진다. 내가 반대쪽으로 몸을 돌려 나머지 손가락을 센다.

꿈의 바깥을 서성였다.

눈을 뜬다. 밖에서 낯익은 대화가 들린다. 문을 찾는데 문이 없다. 밖에서 나를 찾는 소리가 들린다. 내가 더 큰 소리를 지른다. 문을 닫는 소리가 들린다. 나는 다시 눈을 감는다.

꿈을 착각했다.

—「누가 내 악몽을 키웠나」 전문

우울한 존재, 아니 불길한 존재로 실낙원에 태어난 인간은 비극적 현실과 운명으로부터 탈출을 꿈꾼다. 그 탈출을 향한 최소한의 몸부림, 최대한의 작동은 꿈을 꾸는 행위이다. 이 시에서 꿈을 꾸는 행위의 진행 과정은 1, 3, 5, 7연에서 '(주어) +목적어 + 서술어'의 단문을 통해 매우 간결하게 제시된다. 더욱 간략하게 의미를 압축하면, (나는) 꿈을 꾸긴 꾸었는데, 실패했으며, 나아가 착각임을 알았다는 것이다. 예컨대 미래 희망을 향해 꿈

꾸는 행위는 "착각"이었으며, 결국 우리 인생은 "악몽"을 꿀 수밖에 없는 절대 비극이라는 것이다.

짝수 연인 2, 4, 6연은 인간으로서의 제약 혹은 한계 상황을 "방 안"으로 설정하고 있다. "방"은 세계 속에 만들어 놓은 구속의 공간으로 작동한다. "어둠"에 쉽게 침범당한 방은 화자를 객체화하여 주객전도된 가혹한 현실을 표상한다. 심지어 "축축하"거나, "울음소리", "층간소음"이 난립하는 공포의 공간으로 확장되고 있다. 이러한 상황에서 화자는 "태아 자세"로 퇴행하여 무기력한 대응을 할 뿐이다.

극악한 현실 타개를 위한 화자의 적극적 행동은 드러나지 않는다. 그는 다만 꿈을 꿀 뿐이다. 그럼에도 그 꿈조차 "악몽"으로 현현하고 만다. 화자는 "바깥"을 향한 탈출의 욕망을 희미하게 지니고 있다. 하지만 폐쇄된 공간인 방의 탈출구인 "문"을 찾을 수도 없는 지경이다. 그는 "문"을 찾기 위해 기껏 잠꼬대처럼 소리를 질러 보지만 반응을 만날 수 없다. "문"이 닫힌 사실을 확인하고서 다시 고즈넉이 "눈을 감는" 현실 수용의 자세를 보인다. 이 시는 궁극적으로 인간이 지닌, 지닐 수밖에 없는 미래 희망이나 꿈을 "악몽"으로 규정하는 철저한 자기부정과 절대적인 절망을 표출하고 있다.

3. "이루어질 수 없는 사랑"이라는 벌 받기

불길한 존재로서의 인간의 본성에 대한 사유는 우울하고 참혹한 분위기를 형성한다. 또 자신이 몸담고 있는 세계 역시 타락하고 오염되어 불온한 공간으로 인지된다. 현실과 몽상의 공간 모두 공포와 환멸을 제공하는 '폐소'로 작동한다. 질식할 정도로 굳게 폐쇄된 현실 공간은 정체 불명의 자아가 방황하거나 좌절할 기회를 제공할 뿐이다. 화자는 상식과 몰상식이 충돌하는, 부조리와 불합리가 우열을 다투는 현실 공간으로부터 벗어나길 희구한다. 그러나 그가 지향한 "학교"와 유년의 공간 역시 이제는 더 이상 순수하거나 무구하지 않다. 인생 역시 불공정 요소들로 인하여 훼절되어 불구적 속성을 드러낸다.

하여 김태우의 시에는 비현실적, 불구적, 돌발적, 괴기적 이미지가 혼란스러울 정도로 점철되어 나타난다. 시인이 특정한 상황이나 기괴한 사건 제시를 통해 인생의 부조리와 현실의 불합리를 표출하는 방식을 즐겨 활용하기 때문이다. 여하튼 인간은 순수한 유년의 공간으로 "종이비행기를 쫓아간 앳된 시간이/길을 잃고 낯선 시간이 되"(「미아들」)는 불행을 숙명적으로 겪는 존재이다. 예컨대 인간은 잃어버린 "앳된 시간"과 "학교"와 "형"을 찾아 방황하거나 배회해야만 하는 정처 없는 방랑자의 운명인 것이다.

'학교'는 현실 혹은 사회를 투사한 공간으로 표상된다. '형'은 사회와 제도에서 일종의 권위, 기성, 도그마, 전범을 내포한다. 그리하여 화자는 "학교"의 억압과 굴종으로부터 벗어나기 위하여 자신이 스스로 원한 것도 아닌 상태에서, "형을 반대한 아이와 싸우고"(「내가 원한건 이게 아니었다」) 돌아다닌다. 마치 지은 죄도 없지만 숙명적 원죄의식 때문에 기성의 권위, 제도, 억압과 맞짱뜨고 다니는 정신적 깡패인 것이다. 나아가 인간은 하늘로부터 지상으로 추락한 날개 잃은 존재(「기원전 고소공포증」)로서 고소공포증에 시달리는 형벌을 감내한다. 인간은 원치 않아도 일어나는 불길한 일들 때문에 갈피를 잡을 수 없는 삶을 이루어내야 하는 왜소하고 미력하고 불길한 존재일 뿐이다.

세상은 고소공포를 유발하고 자극하는 불온한 공간이다. 삶은 공포와 환멸을 숙명처럼 견뎌내야 하는 과정일 뿐이다. 인간은 자신도 모르는 운명의 존재로서 미래의 불확실성과 더불어 존재론적 고뇌를 안고 살아간다. 즉 비정하고 냉혹한 세계에 내던져진 존재인 인간은 "짐승"의 시간을 보낸 원죄로 인하여 형벌의 시간을 필수적으로 감내해야 한다. 시인은 「벌」 연작시에서 인간의 무관심, 무소통, 무관계, 무감정을 형벌의 증거로 제출한다.

록시, 대답하시오
당신을 위해 내 모든 것을 바쳤으니
이제 나의 사랑을 허락하소서 록시.

외롭다는 말은 거짓이죠?
나를 사랑한다는 말은
단지 당신네 언어로나 가능한 이야기일 뿐
말해 봐요, 당신에게 사랑은
당신네 언어로 퍼붓는 저주란 걸

내가 당신의 체온을 느낄 수 있다면
당신의 삶에 침범할 수 있다면
당신만 바라보다 잠들고 싶어요.
아무것도 할 수 없도록
사랑한다는 말만 반복하고 싶어요.
—「벌 1—록시Roxxxy」 부분

이 시는 세계 최초의 섹시 로봇인 "록시"를 상대로 사
랑을 갈구하는 형식을 취하고 있다. 당연히 진정한 사랑
이 부재한 현실을 우회적으로 힐난하는 의도를 지니고

있다. 사랑의 상대가 인간이 아니라 인형(로봇)으로 설정된 것은 이미 완전한 사랑이 아니라 불구적 사랑을 전제로 하고 있는 것이나 다름없다. 절대적으로 소통할 수 없는 상대인 인형을 향해 사랑을 채근하는 화자의 모습은 진정한 사랑을 약탈당한 현대인의 초상이다. 심지어 인형에게 외로움을 질문하는 것은 이상한 가역 반응이다. 요컨대 화자 자신의 외로움을 인형에게 투사하는 변태적 행위이다.

화자는 외로움을 퇴치할 사랑이 부재한 현실에서 오히려 '외로움'을 거짓으로 무화시키고자 한다. 사랑의 부재를 넘어 사랑이 곧 '저주'라는 극단적 인식은 극악한 현실의 불온성을 함축한다. 그럼에도 화자는 끈질기게 사랑의 존재를 확인하려 할 뿐 아니라 사랑의 존재를 소생시키려 한다. 오로지 사랑 지상주의의 태도를 극단으로 밀고 나간다. 이러한 화자의 자세는 사랑이 부재하는 참혹한 현실을 더욱 강력하게 환기하는 역설로 기능한다. 인간을 인간답게 하는 요소는 사랑인데, 비정한 세계에 분산된 인간은 사랑이 부재한 현실에서 외로움의 징벌을 받고 있는 것이다.

겨울의 정오가
어김없이 지나간다.

서로 마주 앉아 듣는 빗소리

커피를 마시며 여름을 기다리는 나

문밖을 바라보며 가을을 기다리는 너

너라는 장르에서

가장 예쁜 단어를 골라

네 손에 쥐여 주었다

나는 너의 흔적을 사랑한지 몰라

사랑을 인질로 잡고

슬픈 설렘만 강요했는지도 몰라

우리는 예쁜 옷을 입고

절대로 찾지 않을 사진을 찍었다.

사랑이 이루지 못한 사랑으로 완성되었다.

— 「벌 3—감정기계」 전문

사랑이 부재한 현실에서 살아야 하는 형벌을 받고 있
는 상황은 "감정기계"로 전락한 인간이 초래한 것이다.
자연스러운 진정성으로 이루어지는 사랑의 방식을 이

해하지 못할 뿐 아니라 가식적이고 이기적인 태도 때문에 사랑의 제스처와 포즈만 난무할 뿐이다. 동일한 공간에서 자연의 빗소리를 함께 앉아 듣는 '나'와 '너'는 소통하는 척하며 각각 자신의 상념에 빠져 있다. 각각은 외로움을 위장하며 소통하고 공감하는 척하지만 사실은 서로를 소외시키고 있는 중이다. 각자는 자기 세계에 함몰되어, 꿈꾸는 지향이 서로 다르기 때문이다.

화자는 상대에게 "가장 예쁜 단어를 골라" 주는 사랑의 행위를 한다. 그러나 그것이 진정성이 결여된 위장된 사랑, 가식적 사랑이었을 수 있음을 자각한다. 아니면 순수하고 진정한 사랑이 아니라는 회의와 반성의 태도를 보인다. 사랑의 본질에 가닿지 못하고 "슬픈 설렘"만을 느끼는 허울의 사랑을 한 것일 수도 있다. 자아를 버리고 타자를 위하여 헌신하는 사랑의 원칙이 적용되지 않는 현실인 것이다. '너'와 '나'로 구성된 '우리'는 "예쁜 옷"이라는 허울과 위장을 입고 행복한 척 표정을 지으며 황홀한 시간을 사진으로 박제하려 한다. 그러나 '우리'였었던 '너'와 '나'는 그 황홀한 척했었던 사랑의 시간을 절대로 추억하지 않을 것이다. 반추되거나 회상되지 못하는 사랑은 결국 "이루지 못한 사랑"이다. 결구 "사랑이 이루지 못한 사랑으로 완성되었다."는 언표는 사랑 부재의 현실에 대한 역설이다.

4. "행복의 나라에는 행복이 없어요"의 절망과 좌절의 역설

김태우의 시는 깊은 침묵과 오랜 사색으로 발효되는 특징을 지닌다. 시적 발상은 사물과의 교응에서 우러나는 순간적인 각성이나 찰나적인 깨달음이 아니다. 시적 작업은 '인간'의 본성을 화두로 삼고 묵언수행하는 수도자의 풍모를 보인다. 하여 그의 시는 날카로운 감각이나 삼빡한 이미지가 발현하는 감성 자극형이 아니다. 그의 시는 인간의 본성, 사물의 본질, 세계의 궁극, 인생의 가치, 현실의 의의와 같은 묵직한 테마를 진지하고 엄숙하게 형상화하는 데 몰두한다. 하여 그의 시는 인간, 삶, 인생, 세계, 죽음, 꿈, 절망과 같은 근원적 문제에 대해 사색하도록 자극한다. 그의 시 스타일은 치열한 사유와 고요한 명상을 충동질하는 사색 자극형이다.

시집 『동명이인』은 김성동의 『만다라』의 고뇌와 방황과 겹쳐 보인다. 마치 소설의 두 인물 '법운'과 '지산'이 인생의 진리와 깨달음을 위해 처절하게 방황하고 처참하게 좌절하는 과정을 시로 기록한 것처럼 읽힌다. 역시 이 시집은 이문열의 『사람의 아들』의 디엔에이도 일정 부분 함유하고 있다. 추리소설의 형식을 지닌 이 작품은 기독교를 배경으로 자유, 악, 고통, 사탄의 존재, 예수 등에 관한 사유를 통해 인간의 본성에 관해 질문한다.

이 두 소설이 인간, 존재, 본성, 가치, 인생과 같은 근원적 화두를 집요하게 사유한 것처럼 시집 『동명이인』 역시 존재의 본성을 끈질기게 명상하고 있다.

인간의 본질에 대해 탐구하는 이 시집은 기독교적 사유와 사색이 바탕에 자리 잡고 있다. 그러나 기독교의 교리나 강령이나 개념이나 용어가 전면에 노출되지 않고 바탕에 은닉하고 있다. 시인은 이미 기성화된, 틀 지워진, 고정화된 사유의 도그마를 그대로 수용하기를 거부한다. 그는 타자 혹은 선인이 증명한 바 있는 사유도 스스로 점검하고 자기 방식대로 정립하기 위하여 수고롭다. 하나님이 피조물에 이름을 지어 주는 명명 행위를 하듯이 자신도 개념, 가치, 의미를 스스로 호명하여 형성해 나간다. 시인이 인간의 본성, 삶의 가치, 인생의 의미 등을 진지하고 투철한 사색을 통해 직접 검증을 하는 과정이 바로 시집 『동명이인』의 진정한 가치이다.

"내 생의 주인은 내가 아니었어요."(「벌 4-무국적자」) 라는 주체 상실의 고백은 '나'를 지배하고 운영하는 타자/존재에 대한 번민과 고뇌를 전제한다. 이러한 사유는 기실 불가해한 삶을 자기 주도적으로 살아내고 싶은 욕망을 함의한다. 이 세상의 모든 존재들은 "비극의 후예"일 뿐 "원치 않아도 일어나는 일들" 때문에 전전긍긍 불길한 삶을 겨우 지탱해 나가고 있다. 이 시집은 인생,

현실, 삶에 대한 비극적 전망과 불길한 인식으로 충만하다. 어찌 보면 지독한 비관주의, 패배주의, 염세주의의 묵시록처럼 보인다.

시인은 부정적 세계 인식과 비극적 삶의 명상을 고백하는 어조로 토로하는 경향이 강하다. 이는 독자와의 거리감을 좁혀 메시지 전달의 효능을 강화하려는 의도이다. 메시지 전달을 주요한 작시 의도로 삼기 때문인지 산문시 형식을 즐겨 채택한다. 또 부정적 세계상과 비극적 인생관을 효과적으로 제시하기 위하여 파편적 이미지의 병렬이나 기괴하고 모순적인 상황 제시가 반복되고 있다. 이는 인생이나 세계의 부조리한 특성을 드러내는 데 유효한 반면 난해성을 드러내는 취약점을 지닌다. 『동명이인』을 읽어내기 위해서는 시상 전개의 불연속성, 이미지의 파편성, 상황이나 사건의 초월성, 의미 결합의 비논리성이라는 암초를 감내해야 한다.

그럼에도 이 시집의 난해성은 시 형태의 안정감, 형식의 균형감, 시상의 논리적 전개라는 의도적 배려로 상쇄되고 있다. 이는 또 시의 중심 의미나 메시지를 향하여 어휘, 이미지, 어법 등의 세부가 주도면밀하게 집중되어 통일성을 확보하기 때문이기도 하다. 예컨대 시의 표면 의장이 파편적, 초월적이더라도 내부에서는 논리적, 구조적 시상 전개를 위하여 집중하고 있다. 나아가 시인은 섬세한 묘사와 표현의 정밀함을 통해 초월적 의미 결합의 난해함을 극복하고 있다.

시인은 은밀한 성찰과 고요한 사색을 즐기는 사유 특성을 보인다. 비극적 운명을 지닌 인간의 본성에 대한 치열한 사유는 그의 시에 묵직하고, 난해하고, 정교하고, 둔중하고, 기괴한 풍모로 드러난다. 이러한 특성은 무정물에 감정을 투사하는 존재론적 은유의 폭넓은 활용에 의한 것이다. 더불어 기괴한 현실과 역설적 인생의 속성을 주와 객이 전도된 상상력을 통해 형상화하기 때문이기도 하다. 이로 인해 그의 시에는 반어와 역설의 어법이 빈번하게 사용되고 있다. 이러한 작시법으로 인해 그의 시는 독해의 긴장감을 증폭시키는 위력을 지닌다.

시인은 "빈손으로 꿈을 꾸러 가면/양손 가득 희망을 쥔 이가/나를 밀치고 새치기를"(「빈손」) 하는 세상에서 끊임없이 '인간'에 대해 고뇌하고, 좌절하고, 번민하고, 사색하고, 절망하며 '행복'을 찾아 방황한다. 그는 유랑하는 삶의 갈피마다, 인생의 구절마다 "그림자"이자 "그늘"이며 짐승"(「이종교배」)을 만날지라도 비극적 운명과 부정적 현실을 직시해야만 하는 시인의 책무를 허투루 여기지 않는다. 그러한 사명 의식은 "인간은 사랑에 취약한 종족"(「늙은 애인」)임을 알고 있기 때문이다.

행복의 나라에는 행복이 없어요.
행복이 없으니 불행도 없지요.

골목길 모퉁이 나무 의자 하나가
바람을 쫓아 좌우로 엇박을 탄다.
골목에 울려 퍼지는 나무 그늘 뒤로
한 아이가 허기를 벗어 층층이 쌓는다.
나무 의자에 놓인 사과를 베어 문다.

행복의 나라에는 행복이 없어요.
행복은 없어도 먹던 사과는 있어요.

나무 의자에 슬며시 숨어 앉은 바람이
커피를 휘젓고 골목길을 빠져나간다.
누군가 나무 의자에 앉아
식은 커피를 마신다.
사과 바구니에서 사과가 떨어진다.

행복의 나라에는 행복이 없어요.
행복이 없으니 행복을 몰라요.

햇살이 살며시 눈꺼풀을 누르자

아이가 나무 의자에 기대 낮잠을 잔다.
누군가 아이를 품에 안은 채
나무 의자에서 존다.
꿈에서 사과 향이 난다.

행복의 나라에는 행복이 없어요.
새근대며 낮잠 자는 아이만 있을 뿐
행복의 나라에는 행복이 없어요.

　　　　　　　　　　　　　―「행복의 나라」 전문

　불길한 존재가 불온한 세상에서 살아가기 위하여 추구하고 지향하는 공간은 "행복의 나라"이다. 그러나 정작 행복의 나라에는 '행복'이 부재한다. 이율배반적 상황이다. 절망적인 세계 인식이다. 행복의 나라에 행복이 없다는 단정은 절대적인 현실 부정의 인식을 드러낸다. 다만 행복의 나라에 행복이 없으니 '불행'도 존재하지 않을뿐더러 '행복'을 인지할 수 없다는 역설적 상황이 제시된다.

　그럼에도 희미한 희망은 살아 있다. 행복의 나라에는 "아이"가 존재하기 때문이다. 더군다나 아이에게는 즐거움을 제공하는 "나무 의자"와 안락감을 주는 "나무 그늘"과 생명을 유지하는 "사과"와 따뜻한 "햇살"이 곁에 있다. 아이는 비록 행복이 없는 나라이지만 "누군가"의 품에서 평화롭게 낮잠을 이룬다. 심지어 "행복이 없"는 "행복의 나라"에서 아이가 꾸는 "꿈에서 사과 향이"라는 긍정적 희망의 기운이 확산되고 있다.

김태우 시인은 "인간을 사랑한 벌로 인간이라는 질병"(「늙은 애인」)에 걸린 지독한 인본주의자이다. 그는 불온한 세계에서 악전고투 살아가야만 하는 인간의 진정한 본성을 집요하게 성찰하는 시인의 책무에 충실하다. 그는 인간의 본성을 화두로 삼아 인생과 현실을 진중하게 탐구하고 철학적으로 성찰하여 첫 시집 『동명이인』을 내놓았다. 이 시집은 "실낙원"을 방문하여 스스로 고군분투한 탐방기이자, 관찰기이며, 여행기이다.

"행복이 없"는 "행복의 나라"의 행복해야만 할 가을날, 지은 죄 없어도 낙엽이 부끄럼으로 물들고, 향방을 알 수 없는 바람이 불고, 불행을 살포하듯 서리가 내리고 있다. 그래도 인간은 살아간다. 머지않아 독재자 흰 눈이 온 산야에 일필휘지로 백색의 계엄령을 내릴 것이다. 그래도 인간은 살아갈 것이다. 앞서간 인간처럼, 인간은 미지의 불가해한 죽음을 향하여 쫄지 않고 비틀비틀 걸어갈 것이다.

김태우 시인의 시도, 삶도, 더욱 깊고 고요하고 적막한 겨울 숲이 되기를 바란다. 환하게 동트는 새벽의 서기를 맞이하며 조금쯤은 기뻐해도 좋을 것이다.

동명이인

2023년 11월 27일 1판 1쇄 펴냄

지은이   김태우
펴낸이   김성규
편집   김안녕 한도연 강서영
디자인   신아영
펴낸곳   걷는사람
주소   서울 마포구 월드컵로16길 51 서교자이빌 304호
전화   02 323 2602
팩스   02 323 2603
등록   2016년 11월 18일 제25100-2016-000083호

ISBN 979-11-93412-13-8 04810
ISBN 979-11-89128-01-2 (세트)

* 본 도서는 (재)전라북도문화관광재단 2023년 지역문화예술육성지원사업에
  선정되어 보조금을 지원받아 출간했습니다.
* 이 책 내용의 전부 또는 일부를 재사용하려면 반드시 지은이와 출판사의 동의를
  얻어야 합니다.
* 잘못된 책은 교환해 드립니다.